Yvan Strelzyk

Saga de Relvinn

Récit

traduit de l'eklendais

Eklendys

Editions de l'Astronome

illustration de couverture :
#1120216 - amber
© shocky - Fotolia.com

www.editions-astronome.com

du même auteur :
en préparation, paru ou à paraître aux Éditions de l'Astronome :

CYCLE « EKLENDYS »

LE LIVRE D'AMERTUME
SAGA DE RELVINN
UNE VIE D'HOMME
MARKAS
NOUVELLES EKLENDAISES

*C'est là un récit plein de dangers
et de larmes,
de batailles et de merveilles,
et tous en l'entendant sauront
que je dis la vérité.*

Véxö

INTRODUCTION

C'est en 1728 que l'on trouve trace, pour la première fois, du manuscrit de la *Saga de Relvinn-aux-Mains-d'Ambre*. Cette année-là, la bibliothèque personnelle de l'Islandais Árni Magnússon brûlait à Copenhague, détruisant une grande part des textes médiévaux qu'il avait patiemment rassemblés au cours d'infatigables recherches. Parmi les parchemins ayant échappé aux flammes s'en trouvait un, peu épais, d'une étrange facture. Apparemment arraché à un codex plus volumineux, il regroupait deux textes, encadrés par quelques pages extraites d'œuvres bien plus connues : le dernier chapitre de la *Saga de Glúmr le Meurtrier*[1] en tête, et en fin deux pages de la *Saga de Gunnlaugr-Langue-de-Serpent*[2]. Les textes centraux étaient quant à eux deux versions de la même histoire, la *Saga de Relvinn* qui nous intéresse, écrite l'une en langue norroise, l'autre en eklendais, ce qui constitue un cas particulièrement rare.

Non seulement il avait fallu un tragique incendie pour que l'on se penchât enfin sur ce manuscrit, mais encore il était une sorte d'énigme pour la postérité. Certes, on comprit très vite que le volume auquel il avait appartenu était une sorte d'anthologie rassemblant, comme c'était souvent le cas, divers récits, par souci d'économie : le parchemin était cher et fragile, et l'on avait rarement les moyens de faire relier un par un des textes aussi brefs. La critique contemporaine,

---
1. Copié à coup sûr du *Mödruvallabók*, seule version complète de cette œuvre.
2. Vraisemblablement copié à la même source que le manuscrit datant du XVe siècle conservé à la Bibliothèque universitaire de Copenhague.

inspirée par un commentaire d'Albrecht Helgernö dans son édition critique de 1898, apporta également la preuve scientifique que la *Saga de Relvinn* et les sagas qui l'entouraient ne provenaient pas du même manuscrit. Cet examen eut deux conséquences. Premièrement, il créait de nouvelles difficultés dans les efforts de datation du parchemin de *Relvinn*, qui ne pourrait plus être daté par rapport aux textes copiés avant et après lui dans le recueil. Deuxièmement, l'analyse prouva qu'en revanche les deux versions, norroise et eklendaise, avaient été écrites sur le même manuscrit, ce qui révélait que, de façon presque certaine, on ne se trouvait pas en présence du parchemin original mais d'une copie réalisée en deux langues à partir de celui-ci.

Sans entrer trop loin dans le détail[3], on dira simplement que, d'après les dernières études concernant ce texte, il a probablement été composé par un Eklendais ayant fait office de scalde – terme nordique désignant un poète – à la cour d'un seigneur suédois, sans doute en Scanie. Le fait que son personnage principal soit un héros eklendais et non un Suédois reste un autre mystère. Peut-être le maître du poète avait-il eu pour lointain parent l'un des Varègues de ce récit, par exemple Sven Bouche-Tordue ? Rien ne permet de l'affirmer jusqu'à présent. Quant à la date de composition, elle a été située vers la fin du XIIIe siècle, *Relvinn* relevant plus ou moins du genre de la saga postclassique. Plus ou moins, une fois de plus, puisque ce texte est une somme d'incertitudes et d'exceptions. Rappelons en effet qu'il est la seule saga jamais écrite en eklendais. Alors qui d'autre qu'un Eklendais aurait pu l'écrire ? Mais a-t-elle été d'abord écrite en eklendais ? Oui, c'est le plus crédible, bien que rien ne le prouve : lequel des deux textes du manuscrit signalé en 1728 est une traduction, et lequel une copie exacte d'un parchemin aujourd'hui perdu ? Toutefois, serait assez extraordinaire qu'un copiste ait pris la peine de traduire en eklendais (assurément sa langue natale) une saga

---

[3]. Pour ceux que la question intéresse, voir l'introduction et les commentaires du professeur Ernü Sors dans son édition de la *Saga de Relvinn-aux-Mains-d'Ambre* (Éditions de l'Université Véxö, Borghavan, 1962). C'est à partir de cet ouvrage que nous avons fondé notre traduction, ainsi que le court avant-propos ci-dessus.

rédigée en vieil-islandais. La critique actuelle considère plutôt que ledit copiste, qui était bien eklendais, a traduit pour son seigneur de langue norroise un manuscrit que celui-ci ne pouvait comprendre. Après quoi, soucieux de conserver le texte écrit dans sa langue, il l'a copié à la suite sur le même parchemin. Ce copiste aurait vécu vers le XIVe siècle, auprès d'une cour de Norvège, et se serait rendu en Scanie pour recopier le manuscrit original. C'est ce que l'on pense aujourd'hui, mais sans rien qui puisse le prouver.

Comment ce manuscrit est arrivé à Copenhague, dans la bibliothèque du célèbre Magnússon, personne ne le saura jamais. Ce qui est certain, c'est qu'après l'incendie qui a permis de l'exhumer miraculeusement, il a rejoint la Bibliothèque royale du Danemark sous le nom barbare de *Codex Eklendensis*. En 1971, les Danois ont rendu à l'Islande leurs manuscrits médiévaux ; comme il contenait des fragments de deux sagas islandaises, le *Codex* a donc lui aussi fait partie du voyage, se retrouvant précieusement conservé à la Fondation Árni Magnússon de Reykjavík. C'était en quelque sorte un juste retour des choses. Mais à la demande répétée de plusieurs médiévistes et historiens eklendais, et avec l'appui de l'Intendant Leidkross, en 1983 l'Islande accepta de léguer à Eklendys ce précieux témoignage de son passé littéraire. La *Saga de Relvinn-aux-Mains-d'Ambre* est en effet, avec *Le Roman de Miskol*[4] de Véxö, l'un des chefs-d'œuvre du Moyen-âge eklendais. Le manuscrit de la saga est aujourd'hui conservé à la Bibliothèque Nationale d'Eklendys, sous la cote *S.No.496.ek-II.rel*.

Voilà pour l'histoire de ce texte. En ce qui concerne son contenu, il s'agit, comme dans toute saga de ce type, de la vie, quelque peu romancée, d'un personnage historique méritant d'être cité en exemple. On le découvrira très vite, Relvinn est un homme grandement intelligent, au sens où il est particulièrement *rusé*. C'est cette qualité que l'auteur aura choisi de mettre en exergue, et c'est d'elle qu'il fait naître l'ascension sociale du personnage, même si elle provoque sa chute d'une certaine façon. On ne peut pas dire que Rel-

---

4. Désormais traduit en français, par nos soins, dans sa version intégrale.

vinn soit foncièrement sympathique ; le propos n'est pas là, encore moins à son époque : il est avant tout l'illustration du héros qui réussit parce qu'il a su déployer tous ses talents, même pour des desseins peu louables, et c'est en cela qu'il est exemplaire.

La vie de Relvinn se situe à l'articulation des XIe et XIIe siècles. Le seul événement qui puisse être daté avec précision dans sa saga est l'arrivée de la première croisade à Constantinople (1096). Pour le reste, l'auteur reste assez flou. Sans doute n'avait-il pas à sa disposition, au moment d'écrire son récit, tous les éléments chronologiques nécessaires. Ainsi, pour quelques faits historiques réels, on trouve d'autres détails un peu anachroniques (comme l'évocation de l'avance allemande vers les territoires de l'Est, ou l'arrivée future des hordes mongoles, qui ont eu lieu bien plus tard). L'auteur écrit avec sa mentalité d'homme de la toute fin du XIIIe siècle, en un temps où les tribus d'Eklendys subissent l'occupation teutonique et n'existent plus vraiment en tant que telles. Détail intéressant : bien qu'il soit vraisemblablement converti (on notera ses majuscules insistantes quand il parle des « Chrétiens »), l'auteur a conservé sans aucune remarque péjorative les scènes du paganisme eklendais. Ce qui, parmi tous les épisodes prosaïques du récit, permet aussi de glisser dans la saga des éléments indispensables du genre, relevant du fantastique (rituels magiques, sorcier charmeur de serpents, revenants, guerriers fauves, oracle, etc.).

Pour le reste, *Relvinn* contient pratiquement tous les éléments inhérents à une saga scandinave : beaucoup d'aventures s'enchaînant autour d'une sorte de roman d'apprentissage, des meurtres et des combats, d'interminables vengeances, du surnaturel (nous l'avons vu), des détails de la vie quotidienne, et de grands voyages. L'auteur connaissait assurément d'autres sagas[5], même s'il n'a écrit que celle-ci. Le style est sec, enlevé comme il se doit, avec une histoire qui constitue son propre résumé. On y trouve aussi plusieurs strophes poétiques, de genres différents, que nous

---
5. Les derniers mots de la *Saga de Relvinn* paraphrasent d'ailleurs ceux de la célèbre *Saga de Njáll le Brûlé*, écrite vers 1285. Notre texte serait donc postérieur.

avons choisi de traduire littéralement même si cela ne facilite pas leur clarté[6]. Leur composition révèle un art qui prouve que l'auteur était un héritier de la tradition scaldique, et qu'il avait reçu une grande éducation – même s'il garde la mentalité de son époque, notamment par le peu de cas qu'il fait des esclaves, voire des femmes, à moins que ce ne soit au contraire un trait volontairement grossi, une façon pour lui de donner une tonalité plus rude à cette histoire qu'il raconte et qui remonte à « des temps obscurs » datant de deux cents ans.

Relvinn a donc eu une vie extraordinaire. On peut conclure qu'il a certainement existé, et même s'il n'a sans doute pas accompli tous les exploits dont la saga le crédite, il n'en est pas moins l'une des grandes figures nationales de son pays. À une époque relativement calme de l'histoire d'Eklendys, cet homme a suivi les Varègues – les vikings suédois, qui naviguèrent vers l'Est – dans l'une de leurs dernières expéditions jusqu'à Byzance, son chemin a croisé ceux d'un empereur et d'un pape, et sur un plan strictement local il a rompu l'usage qui prévalait à l'antique tradition dans la succession des Maîtres de Clan. L'auteur a peut-être voulu voir là les prémisses de l'effondrement eklendais face à l'envahisseur germanique.

Il laisse en tout cas un témoignage précieux sur ces temps reculés ainsi que sur la façon d'écrire d'alors, de même qu'il a pris un plaisir évident à raconter une histoire que, plus de sept siècles après, on peut trouver le même plaisir à lire.

---

6. À l'instar de la poésie scaldique, dont elle est la simple transcription eklendaise, cette versification accumule les métaphores, identiques à celles des Scandinaves (le serpent de la mer = le bateau, l'arbre des batailles = le guerrier, la couche du dragon = l'or, etc.), et un système complexe d'allitérations en un nombre réduit de pieds. L'adaptation en hexasyllabes (le plus souvent) nous a semblé convenir à cette traduction. Quant au sens des strophes, il est en général un écho de l'action qui précède, et en règle générale la seule manière dont un personnage peut exprimer ses sentiments profonds dans ce genre littéraire.

SAGA
DE RELVINN-AUX-MAINS-D'AMBRE

Pour plus de précisions sur la langue eklendaise et sa prononciation, se reporter à l'ouvrage *Le Livre d'Amertume* chez le même éditeur.

CHAPITRE PREMIER

Il y avait un homme qui s'appelait Boran. Son père était Uhran le Taciturne, fils du Bergun le Fier qui s'était illustré en combattant les gens de l'Est lors de leurs expéditions contre les tribus d'Eklendys. Sa mère était Ildaï, fille de Henkenn Barbetorte. Le frère d'Ildaï était Jaonn-à-la-Jambe-de-Hêtre, qui avait été banni après avoir insulté le Maître du Clan sacerdotal. Uhran le Taciturne, à la mort de son père, avait hérité de sa fortune et était devenu un marchand de peaux important. Malgré son caractère difficile, on venait de loin pour commercer avec lui, car il avait les meilleures peaux de toute la région. Les trappeurs savaient qu'il payait toujours la marchandise à sa juste valeur, et c'était d'abord à lui qu'ils proposaient leurs produits. Uhran les revendait ensuite aux voyageurs, et principalement aux Varègues qui faisaient route pour Constantinople, par les voies de l'est. C'était un homme avisé, qui avait su faire fructifier l'héritage de son père.

Un jour qu'il s'était rendu au marché d'Ömbortrum[7] pour les fêtes de Yelnas, Uhran rencontra Ildaï, la fille du pêcheur Henkenn, et elle lui plut. Tout ce jour-là, il confia ses affaires à son intendant et resta cloîtré dans sa hutte. Uhran n'était plus jeune, il avait déjà du gris sur les tempes, et pourtant il n'avait jamais pris de femme, tout occupé qu'il était par son commerce. Le lendemain matin, il alla trouver Henkenn, lui demanda comment allait la pêche, et si sa fille était toujours à marier. Henkenn, ruiné après le bannissement de son fils Jaonn et connaissant la fortune d'Uhran, dit que la pêche allait plutôt bien, et « ma fille Ildaï sait tenir un foyer. Elle a

---
7. Aujourd'hui Borghavan, capitale d'Eklendys (NdT).

de quoi rendre un homme heureux, et c'est ce qu'elle désire, si cet homme sait lui offrir la vie qu'elle mérite ». Le marché fut conclu, et Uhran ramena Ildaï chez lui après les fêtes. On dit que si un jour il ne fut pas taciturne, ce fut celui de son mariage. De fait, Ildaï s'entendait bien avec lui. Uhran eut deux fils de sa femme : Boran et Kolman.

CHAPITRE II

Boran avait l'âge de se battre quand des pillards venus par la côte incendièrent de nuit la maison de son père. Ils volèrent ses peaux et toutes ses richesses, mais laissèrent fuir la famille. Uhran, voyant les siens à l'abri et se retrouvant hors du cercle des assaillants, sortit son épée de sous son manteau et se retourna contre ses agresseurs. Boran l'accompagna, un peu en retrait, avec son arc. Uhran s'approcha d'un pillard par surprise et lui trancha le bras. L'autre donna l'alerte en tombant à terre, et bientôt Uhran se retrouva encerclé. Le chef des bandits se glissa derrière lui et lui brisa les os d'un coup de hache, en le frappant à hauteur des épaules. Resté à l'écart, Boran entreprit de venger son père en tirant sur les meurtriers avec son arc : il en tua un, en blessa un deuxième à la jambe, et dut s'enfuir quand ils s'approchèrent du fourré où il était caché, car il n'avait pas d'arme pour se défendre en combat rapproché. Toute la nuit les pillards furent à ses trousses, et Boran dut se cacher dans un arbre pour leur échapper. Au matin, tout était redevenu calme. Boran et son frère enterrèrent leur père, plantèrent sur sa tombe une stèle de bois qu'ils décorèrent les jours suivants, et ramassèrent parmi les ruines fumantes de leur maison tout ce qui pouvait être sauvé.

Alors Ildaï et ses fils allèrent demander asile au vieux Henkenn. Celui-ci s'inquiéta de l'absence d'Uhran et de les voir couverts de suie et de boue. « J'ai de la terre sur les épaules, dit Boran, mais moins que mon père. » Henkenn les hébergea donc jusqu'à sa mort, l'été suivant, et Boran et Kolman devinrent pêcheurs à sa suite, dans sa maison au bord de la mer.

CHAPITRE III

Un automne il arriva que la barque de Boran fut prise dans une brève tempête, et que les courants la poussèrent vers une plage séparée de la terre par des falaises infranchissables. Boran ne connaissait pas l'endroit, et se dit qu'il était le premier à y venir. Heureusement pour lui, le courant avait charrié de nombreux morceaux de bois sur la plage, et il eut de quoi réparer ses avaries. Au moment de repartir, il remarqua que le sable gris était parsemé de cailloux marron clair : c'était de l'ambre. Boran vit qu'il y avait là un véritable trésor, et que la mer le renouvellerait à chaque marée. En outre, les falaises interdisaient l'accès à la plage par la terre, et la plage se trouvait à l'écart des routes commerciales et des zones de pêche. Il remit sa barque à l'eau et rentra chez lui aussitôt.

Dès son retour, il parla à son frère de sa découverte. Kolman comprit lui aussi ce qu'ils avaient à gagner dans l'affaire, et abandonnant leurs activités de pêche, ils décidèrent de se livrer au commerce de l'ambre. Ils embarquèrent de nuit, pour que personne ne les vît, et se rendirent à la plage au pied des falaises. Là, ils emplirent leurs cales de tout l'ambre qu'ils purent charger, et revinrent chez eux tout aussi discrètement. Le lendemain de leur retour, ils apportèrent une partie de leur trouvaille au marché. Il y avait là de nombreux commerçants itinérants, et un groupe de Varègues commandé par Sven Bouche-Tordue, dont le père avait longtemps fait commerce de peaux avec Uhran du temps de son vivant. Sven examina l'ambre des deux frères avec intérêt. C'était du bel ambre jaune, de la meilleure qualité qu'on pût souhaiter. « Les côtes de ce pays sont plus riches qu'il n'y paraît, dit Sven. – Oui, mais seulement pour qui sait y regarder, répondit Boran. – Certains sont faits pour ramasser l'ambre, et d'autres pour le porter, dit Sven. – Cela se pourrait, dit Boran, encore que certains en portent qui ne mériteraient même pas de le ramasser. » Le Suédois et lui étaient à peu près du même âge, ils firent affaire et passèrent le reste de la journée à boire et parler.

Sven Bouche-Tordue se rendait à Constantinople pour y servir dans la garde de l'empereur, comme de nombreux Varègues avant lui. Il jugea que les pierres d'ambre constitueraient un présent de choix, bien qu'elles fussent encore brutes. Il les ferait tailler en chemin, à Kiev, et monter sur des bijoux. Toutefois, l'ambre de Boran était ce qu'il avait vu de plus beau, et « tu devrais les tailler, pour en tirer un meilleur prix. Dans mon pays, on paierait cher pour en avoir ne serait-ce que la moitié. – C'est vrai, admit Boran, mais c'est un art que je n'ai pas appris. Certains sont faits pour ramasser les pierres, et d'autres pour les tailler. – Tant pis, dit Sven. Je parlerai pourtant de toi aux voyageurs que je rencontrerai. » Puis il partit pour l'est avec ses hommes, et personne ne le revit avant longtemps.

CHAPITRE IV

Au printemps suivant, les affaires de Boran avaient largement prospéré. De nombreux marchands, dont quelques Suédois envoyés par Sven Bouche-Tordue, venaient lui acheter de l'ambre brut. Boran et son frère refusaient toujours d'apprendre à le sculpter, sachant qu'ils en tiraient un bon prix du seul fait de sa qualité. De plus, un approvisionnement abondant leur permettait de répondre à toutes les demandes. La nuit, Boran ou son frère prenait une barque et partait pour la plage sous les falaises, et revenait deux nuits plus tard avec un nouveau chargement. Nul ne savait d'où provenait l'ambre, et cela excitait de nombreuses convoitises, notamment parmi ceux qui leur achetaient les pierres pour les tailler et les monter dans des bijoux. Les frères gardaient jalousement leur secret, au point de ne pas l'avoir révélé à leur propre mère.

C'est vers cette époque que Boran se maria et eut un fils qu'il appela Relvinn. On découvrit à sa naissance que l'enfant avait un ongle brun, comme la griffe d'un chien. Son père estima que cette particularité ne pouvait pas être de mauvais augure, puisque l'ongle avait la couleur de l'ambre, et de fait Boran continua de s'enrichir. L'année suivante il eut une fille, Fenys, et plus tard un second fils, Markan.

Boran avait pour principal client un joaillier voisin, dont le travail était réputé jusque dans les contrées lointaines. Il s'appelait Folgun, et c'était le fils de Katchaï l'Impie, qui avait éteint le feu sacré un jour où elle s'était retrouvée possédée. Folgun fournissait de nombreux marchands en objets de culte pour les Chrétiens, toujours à partir d'ambre : des chapelets à prières ou des ciboires incrustés. On dit même que certains de ses travaux avaient été vendus à Rome, au pape des Chrétiens en personne. Pourtant, il trouvait les prix de Boran toujours trop chers, et plus d'une fois il lui avait proposé de s'associer avec lui pour profiter de son gisement d'ambre. Boran connaissait le caractère cupide de son voisin, et avait toujours refusé. Plus d'une fois Folgun avait menacé d'acheter l'ambre à un autre que lui, mais Boran savait qu'il avait les meilleures pierres, et que pour ses bijoux Folgun serait obligé de revenir traiter avec lui. Il en alla d'ailleurs comme il l'avait pensé.

CHAPITRE V

Un jour, il arriva qu'un missionnaire des Chrétiens entendit parler de Folgun, et des œuvres qu'il fabriquait à partir de l'ambre. Un marchand venait justement de lui vendre un ostensoir où étaient enchâssées quatre pierres magnifiques. Il estima que, puisque l'on y confectionnait des objets servant au culte chrétien, malgré le danger qu'il y avait à tenter pareille tentative, certaines âmes de ce pays pourraient recevoir volontiers la lumière du Christ. Le missionnaire quitta donc sa ville, au bord du Rhin, pour évangéliser les tribus d'Eklendys. Après plusieurs mois de voyage, il arriva chez Folgun qui lui offrit l'hospitalité. Le missionnaire lui révéla alors sa véritable identité et les vraies raisons de sa venue. Folgun comprit où était son intérêt, et lui proposa un marché : s'il l'aidait dans ses démarches auprès des clans païens, en retour les Chrétiens lui concéderaient le monopole du commerce de l'ambre dans le pays. Le missionnaire accepta, par calcul et par admiration pour son travail.

C'est ainsi que Folgun demanda à tous les villageois de venir entendre le prêche du missionnaire. Parmi eux, Boran trouva suspect cet intérêt de son voisin pour la foi de Rome. Il s'en ouvrit à son frère. « Cela ne me surprend pas, dit Kolman, puisque l'un fabrique des objets pour l'autre. – Oui, mais avec l'ambre que nous lui vendons, dit Boran. Nous pourrions y trouver nous aussi du profit. – C'est vrai, dit Kolman. Mais si un jour tu fais apprendre à tes fils à tailler l'ambre, tu n'auras plus besoin de Folgun pour traiter avec les Chrétiens. Celui-ci arrive trop tôt. – Je le crois aussi. » Alors Boran parla contre le missionnaire, et ajouta que les belles paroles de Folgun ne devaient pas faire oublier l'impiété bien connue de sa mère Katchaï. Folgun, pour qu'on ne l'accusât pas de parler contre la foi des Ancêtres et ne pas subir le même sort que sa mère, se résigna au silence. Mais son ressentiment contre Boran s'accrut, et il quitta l'assemblée pour cacher sa colère. Quant au missionnaire, on mit la main sur lui, et lors du sacrifice suivant, on l'enferma avec quelques esclaves dans un mannequin d'osier, et il mourut brûlé vif.

CHAPITRE VI

Après cette déconvenue, Folgun se mit à espionner Boran et son frère. Pour cela, il reçut l'aide de son fils Tobor, un garçon d'une dizaine d'années. Relvinn et lui étaient du même âge, et l'animosité secrète entre leurs parents se révélait dans leurs jeux. Ils se battaient souvent. Tobor, plus imposant de carrure, avait presque toujours le dessus, sauf quand Relvinn employait la ruse. Tobor s'en vengeait dans les jours qui suivaient, lui infligeant de sévères corrections avec l'aide de ses cousins. Un jour, après s'être fait rosser de la plus déloyale des façons, Relvinn rentra chez lui le visage en sang. « Qui donc t'a fait cela ? lui demanda son père. – Une meute de bêtes sauvages, répondit Relvinn. – Et que comptes-tu faire contre elles ? demanda Boran incrédule. – Tendre des pièges, dit Relvinn, et les tuer une par une. » Boran sourit à ces paroles de son fils, mais il vit qu'il n'avait pas proféré une seule plainte, et respecta son silence en ne cherchant pas à en savoir plus.

Quand son père lui parla de ses projets, Tobor fit montre d'un grand zèle. Il trouvait toujours de bons prétextes pour s'approcher de la maison de Boran et surveiller ses activités. Folgun lui conseilla en outre de ne pas feindre l'amitié avec Relvinn, afin de ne pas éveiller les soupçons « et en faisant mine de le défier jusque chez lui, tu pourras surprendre plus facilement les secrets de son père et de son oncle ». Pourtant, les efforts du joaillier et de son fils restaient vains : jamais ils ne parvenaient à savoir d'où Boran faisait venir son ambre. La seule chose qu'ils découvrirent, c'était que, régulièrement, Boran ou plus souvent son frère Kolman disparaissait pendant deux jours, et que ces absences coïncidaient toujours avec l'arrivée de nouvelles pierres. Folgun décida de mettre cette information à profit.

CHAPITRE VII

Une nuit, alors que son oncle Kolman s'était levé en secret pour aller chercher un nouvel approvisionnement d'ambre, Relvinn le suivit hors de la maison. Il avait compris depuis longtemps la raison de ces voyages, mais il ignorait encore leur destination. Une fois déjà, son père l'avait aperçu sur le seuil de la maison alors qu'il préparait la barque, et lui avait ordonné d'aller se recoucher. Relvinn lui avait demandé la permission de l'accompagner, mais en vain. Cette fois, il espérait que son oncle l'autoriserait à le suivre. Kolman se montra tout aussi ferme dans son refus. « Où crois-tu donc que je vais ? demanda-t-il. – Chercher de l'ambre, répondit Relvinn. – Alors c'est que déjà tu en sais trop. Va dormir, et je ne dirai rien à ton père. » Kolman prit la mer, laissant le garçon sur la plage. Il faisait clair de lune cette nuit-là. Relvinn allait rentrer à la maison lorsqu'il discerna dans la pénombre une silhouette en train de s'enfuir. Il courut à sa poursuite et reconnut Tobor, qui longeait le rivage pour savoir dans quelle direction Kolman faisait voile. Enfin la barque fut hors de vue, et Tobor fit demi-tour pour revenir au village. Relvinn se cacha dans un fourré. Il se reprocha amèrement la légèreté de ses paroles avec son oncle, en se demandant si le fils de Folgun les avait entendues. Deux nuits plus tard, Kolman revint avec son chargement d'ambre, mais il ne dit rien à Boran sur Relvinn. Celui-ci garda mêmement le silence.

Quand deux mois plus tard Boran prit la mer pour se rendre au pied des falaises où se trouvait l'ambre, Folgun fut aussitôt prévenu par son fils, et mit lui aussi son embarcation à l'eau. Il espérait découvrir ainsi d'où les frères détenaient leur richesse, et en profiter lui aussi, à leur insu. En peu de temps, il aperçut la voile de Boran, et se mit à la suivre à bonne distance. Curieusement, leur course les menait vers le large.

Au départ de son père, Relvinn s'était posté en secret au bord de la plage, en se doutant que Tobor observerait la scène. En effet, celui-ci était caché tout près de là, et comme prévu il se mit à suivre la barque de Boran depuis le rivage. Relvinn le poursuivit à nouveau. Mais cette fois, Tobor prit beaucoup plus tôt le chemin de la maison de son père, et Relvinn comprit que le secret allait être découvert. Il rebroussa aussitôt chemin pour réveiller son oncle. Celui-ci mit immédiatement une deuxième barque à la mer, et fit voile vers le large. « Je ne pense pas t'avoir dit de m'accompagner, dit-il à Relvinn assis à l'arrière du bateau. – Tu ne m'as pas non plus demandé de t'attendre sur la plage, répondit le garçon. Et tu auras sûrement besoin d'aide pour que le secret de l'ambre ne soit pas découvert. – Il ne sera pas découvert, dit Kolman, mais ton père aura besoin d'aide. »

Plus loin au large, la barque de Boran prenait la direction d'une petite île. Folgun, toujours en retrait, se dit que là se trouvait certainement le gisement qu'il convoitait. Puis l'embarcation de Boran disparut par l'ouest derrière l'îlot. Mais quand Folgun voulut le suivre, un fort courant contraire entrava sa manœuvre, et il resta un moment sans pouvoir avancer comme il l'aurait voulu. Puis soudain la barque de Boran réapparut par l'est, et se dirigea sur lui à pleine vitesse, portée par le courant. Folgun comprit que l'on s'était joué de lui : la route vers le large n'avait d'autre dessein que de vérifier que l'on n'était pas suivi. Apercevant déjà Boran qui brandissait une lance, il se mit à son tour dans le sens du courant et rebroussa chemin. La poursuite ne fut pas longue, car rapidement le bateau de Kolman se trouva devant lui, et il fut pris en tenaille par les deux frères. Folgun n'avait pas d'arme ; ils décidèrent donc de le laisser partir, « encore que l'avertissement serait mieux compris s'il était moins clément, dit Kolman. – Tu as raison, dit Boran. Et cet homme mérite effectivement de retenir la leçon. » Ainsi, quand les trois barques furent revenues en vue du rivage, ils percèrent la coque de Folgun et l'abandonnèrent à son sort. Celui-ci dut regagner la terre à la nage. Puis Boran reprit le chemin de la falaise, refusant à nouveau de mettre son fils dans le secret, et Relvinn dut rentrer chez lui avec son oncle.

CHAPITRE VIII

Le surlendemain, une fois remis de sa nage forcée, Folgun rassembla plusieurs de ses parents et de ses serviteurs pour laver son humiliation. Comme Boran n'était pas encore rentré de son voyage, ils décidèrent de frapper sans attendre, et de tuer son frère Kolman. Folgun alla à sa rencontre au village pour savoir combien d'hommes lui seraient nécessaires. Ce jour-là, n'ayant pas encore été réapprovisionné, Kolman n'avait avec lui que deux esclaves pour l'aider. En voyant Folgun, il le héla pour se moquer de lui en le traitant de buveur d'eau. Folgun ne releva pas l'allusion et battit en retraite.

Le soir, Kolman rentrait chez lui avec ses esclaves quand Folgun et les siens lui tendirent une embuscade. Les assaillants étant bien plus nombreux que cela n'était nécessaire, le combat fut bref. Les deux esclaves, désarmés, furent tués en premier. Kolman blessa deux de ses adversaires, un esclave de Folgun et l'un de ses neveux, puis un coup d'épée à la jambe le projeta à terre. On le roua de coups, et enfin Folgun se pencha sur lui pour l'achever. « Puisque tu vas mourir, tu peux me dire où ton frère trouve son ambre, dit-il. – Je ne te dirai rien, répondit Kolman, et si tu me tues, tu ne pourras plus aller en chercher. – Toi non plus » dit Folgun, et il lui fendit le crâne d'un coup de hache.

CHAPITRE IX

Plus tard, au soleil couchant, des Varègues désireux d'acheter de l'ambre se présentèrent chez Boran avec le cadavre de Kolman qu'ils avaient trouvé en chemin. Ils ramenaient aussi les corps des deux esclaves. Boran n'étant pas encore rentré, son épouse les invita à passer la nuit chez elle pour l'attendre. Pendant que les femmes faisaient la toilette de son oncle, Relvinn prononça cette strophe :

> *1. La faux du sol de l'aigle*
> *Tua l'oncle de l'enfant.*
> *Mon cœur doit rester sec,*
> *Trop jeune pour vengeance.*
> *Le cupide bourreau*
> *Des perles du rivage*
> *Devra goûter du fer,*
> *Lui qui nagea si bien.*

À l'arrivée de Boran, les Varègues lui expliquèrent comment ils avaient trouvé les morts, peu après avoir croisé une petite troupe de gens en armes. Boran comprit à leurs descriptions que Folgun en faisait partie. Aussi l'appela-t-il à comparaître en justice dès le lendemain. Le joaillier se rendit donc devant l'assemblée des hommes libres, mais en prétendant qu'il ignorait ce qu'on lui reprochait. Boran fit appel au témoignage des Varègues venus avec lui. « Vous m'avez vu avec des hommes de ma maison, dit Folgun, mais cela ne prouve rien. – Non, répondit l'un des Suédois, sauf que l'un au moins de tes gens était blessé, et que d'autres avaient du sang sur leurs vêtements, comme s'ils venaient de se battre. » Folgun se défendit en affirmant qu'ils étaient allés chasser, et qu'un ours les avait surpris. Boran mit sa parole en doute, et comme sa fortune avait fait de lui un homme important, le Maître du Clan envoya des hommes à la recherche du possible blessé. Ils revinrent peu après, rapportant qu'un neveu de Folgun et l'un de ses esclaves avaient reçu dernièrement des blessures, mais infligées par une épée. On donna donc raison à Boran, qui exigea le bannissement de son ennemi, ainsi qu'un lourd prix-du-sang.

Folgun rentra chez lui et vendit tous ses biens pour payer sa dette, condamnant sa femme et ses enfants à la pauvreté. Boran savait qu'en fixant un prix aussi élevé, il réduisait la famille de son voisin à un dénuement complet, mais il demeura inflexible. Tobor, sa mère et sa sœur furent recueillis par un parent pêcheur et durent travailler beaucoup pour assurer leur subsistance, ce à quoi ils n'étaient pas habitués du fait de l'opulence passée de Folgun. Celui-ci s'en alla juste avant le coucher du soleil, partant loin vers le sud pour n'être plus jamais revu, et il sort à présent de la saga.

CHAPITRE X

Il se trouva ainsi que Boran, après la mort de son frère, n'avait personne à qui confier la responsabilité de son commerce en son absence. Il avait de quoi répondre à la demande pour un bon mois environ, mais ses réserves s'épuiseraient inévitablement, l'obligeant à reprendre la mer pour se réapprovisionner. Comme il ne pouvait se résoudre à faire confiance à ses esclaves, Boran appela son fils et lui demanda s'il voulait bien l'accompagner pour sa partie de pêche. Relvinn s'empressa d'accepter, comme toujours heureux de pouvoir aider son père, et tous deux prirent leur barque, faisant voile vers le large.

Comme ils approchaient de l'îlot où Folgun le joaillier s'était retrouvé pris au piège, Relvinn demanda s'ils pouvaient espérer une nouvelle prise de valeur. « D'une grande valeur, répondit Boran, bien supérieure à celle des harengs. » Il lui expliqua alors comment se servir des courants pour contourner l'île en peu de temps et surprendre un éventuel poursuivant « le jour où toi aussi tu auras besoin d'effectuer ce parcours ». Relvinn comprit ce que voulait dire son père, et il opina du chef sans dire un mot. Puis Boran tendit ses filets pour rapporter quelques poissons au rivage.

La semaine suivante, toujours sous couvert d'aller pêcher, ils reprirent la mer, cette fois directement vers l'est. Au bout d'une journée de navigation, Boran fit mine de mouiller ses lignes, en surveillant l'horizon. Puis, quand il fut certain que personne ne pouvait les observer, il abattit la voile et le mât, prenant les rames et incitant son fils à l'imiter. En peu de temps, ils approchèrent de falaises que Relvinn n'avait jamais vues, et débarquèrent sur la plage.

Aussitôt Boran lui demanda de ramasser quelques cailloux pour lester la barque. Un sac à la main, le garçon parcourut du regard le sable gris, tandis que son père continuait de vérifier qu'ils n'étaient pas observés. Au bout d'un moment, Relvinn revint vers lui et lui montra le fruit de ses efforts : son sac ne contenait que de l'ambre, d'une excellente qualité. « Je vois que tu as compris de quoi il retournait, lui dit Boran avec satisfaction. Dans quelques années, c'est toi qui devras venir chercher ces pierres ici. Personne d'autre ne connaît l'existence de cette plage, et si tu préserves ce secret, tu seras riche tout le reste de ta vie. » Ils reprirent la mer, rentrant le plus vite possible au village. À l'arrivée, il y avait bien peu de harengs dans leurs filets.

CHAPITRE XI

Il y avait un homme qui s'appelait Hraggar l'Irascible. Il était grand, noir de poil et de caractère, et d'une force peu commune. Son père était Ölvi fils de Helminn le Simple, et sa mère Bergys veuve de Markan Pied-Bossu qui avait été poète à la cour du roi des Suédois. Hraggar avait de nombreuses marques étranges sur tout le corps, et l'on disait qu'il était sorcier, vouant un culte au Perkunas des Baltes voisins, le dieu des serpents. Partout on redoutait ses colères et ses malédictions, car il avait le pouvoir de lancer le mauvais œil sur ceux qu'il n'aimait pas. Ses ennemis tombaient malades, il fallait les amener devant les prêtres du Clan, et parfois même ils mouraient de peur en se sachant victimes d'un maléfice. Autant dire que Hraggar n'était pas populaire en Eklendys, mais personne n'osait plus se dresser contre lui.

Un matin que Relvinn, maintenant instruit des règles du commerce par Boran, remplaçait son père absent un jour de marché, Hraggar l'Irascible arriva au village et arpenta les rues à cheval. À son œil maussade, on comprenait qu'il ne ferait pas bon le contrarier. Or il se fit qu'il arrêta sa monture devant l'étal de Relvinn, passant un long moment à observer les pierres. Les serviteurs de Boran, intimidés par l'homme sur son cheval, laissèrent le fils de leur maître traiter avec lui. Ce jour-là, Relvinn portait autour du cou un bijou que son père avait fait faire pour lui par le forgeron : une magnifique pierre d'ambre brut, sertie dans une griffe de fer. Sans se laisser impressionner, le jeune homme demanda à Hraggar s'il trouvait la marchandise à son goût. Après un silence, l'autre répondit que non « mais la pierre à ton cou me conviendrait tout à fait. Combien me la vends-tu ? » Comme Relvinn refusait de la lui céder, l'autre se mit en colère. Il descendit de sa monture et le prit à la gorge, le menaçant d'une mort horrible s'il refusait encore. Puis, voyant que les esclaves de Boran et de nombreux badauds s'étaient approchés, il repoussa brutalement l'enfant vers les siens et remit le pied à l'étrier. Relvinn s'aperçut aussitôt que sa pierre n'était plus là. De fait, il la vit disparaître dans la main de Hraggar, qui lui lança une pièce d'argent avec un regard condescendant, avant de s'éloigner tranquillement. Tous furent soulagés de l'heureuse conclusion de l'incident, à l'exception de Relvinn qui s'élança à la poursuite du sorcier. Les serviteurs de son père le maîtrisèrent à grand-peine et le ramenèrent chez lui.

CHAPITRE XII

Quand Boran apprit l'incident à son retour, il alla voir son fils et lui conseilla la prudence. Relvinn ne répondit pas. Les jours suivants, il reprit son travail avec son père, et n'en parla plus. Tout semblait rentré dans l'ordre. Pourtant, un soir, il alla prendre une épée dans le coffre de Boran. Celui-ci le vit et s'en étonna. « Ma griffe est tombée dans une autre, dit Relvinn d'un air sombre, et cela fait une de trop. » Son père le mit en garde contre les pouvoirs de Hraggar, en lui demandant de patienter encore un peu. En effet, il attendait le passage d'une grande troupe de Varègues pour les jours à venir, et l'aide de Relvinn lui serait alors indispensable pour mener à bien les transactions en perspective. Le jeune homme ne voulut rien entendre, assurant qu'il serait de retour au matin. Relvinn était en âge de manier les armes ; Boran le laissa partir.

Dans la nuit, Relvinn parcourut les deux lieues qui séparaient le village de la cabane de Hraggar. Celle-ci était cachée à l'orée d'une grande forêt. Alentour, le sorcier avait sculpté des troncs en forme d'animaux sauvages pour décourager les intrus. Certains disent qu'il y déposait aussi des offrandes. En approchant, Relvinn l'entendit chanter des prières à des dieux qu'il ne connaissait pas. Enfin, il entra dans la maison et surprit Hraggar à genoux devant l'âtre, prosterné aux pieds d'une idole aux traits hideux. Le vent s'engouffrant par la porte ouverte fit rougeoyer les braises, et Hraggar se retourna, découvrant le garçon. « Je suis venu chercher mon bien, dit celui-ci en lui jetant sa pièce d'argent au visage. – Il te faudra plus que ton courage pour y parvenir. – J'ai plus que du courage » dit Relvinn en brandissant son épée. Hraggar s'était redressé de toute sa hauteur. Soudain, il sortit de ses poches des vipères luisantes et les lança contre lui. Relvinn fut pris de peur et s'enfuit, poursuivi par le rire moqueur du sorcier.

Au matin, son père le trouva assis devant la maison, plongé dans ses pensées. Puis Relvinn se leva et emporta quelques pièges, ainsi que de petites cages, et on ne le revit pas de toute la journée. Le lendemain, il disparut de la même manière. Mais à son retour, cinq martres s'agitaient dans ses sacs. On crut qu'il avait décidé de dresser ces bêtes sauvages sans qu'on sût pourquoi, et personne ne se risqua à le lui demander, tant il avait l'air farouche. Pendant toute une semaine, Relvinn s'occupa de ses animaux, enfermés dans des cages différentes, mais ne leur donna rien à manger. Il s'amusait même à les exciter avec un linge. Puis à nouveau il alla se choisir une épée parmi celles de son père. « C'est bien, dit Boran, tu es courageux et obstiné. – Je suis surtout patient, répondit le garçon. – Soit, mais ne tarde pas, les Varègues seront là demain. »

Chargé cette fois de ses sacs, Relvinn était de retour à la cabane de Hraggar. Il donna du pied contre la porte, et le sorcier sortit pour voir de quoi il retournait. Reconnaissant le jeune homme, il réitéra ses menaces. Relvinn se contenta de le défier avec son arme. Alors, avec un soupir de mépris, Hraggar plongea les mains dans ses poches pour en sortir ses serpents, leur désignant le garçon. Celui-ci ne broncha pas. Quand les vipères approchèrent, il ramassa ses sacs et les ouvrit, libérant les martres. À la fois affamées et effrayées par les serpents, elles se jetèrent sur eux. Relvinn bondit alors vers Hraggar pour lui arracher son pendentif. Hraggar était un colosse, il aurait pu l'étrangler facilement de ses mains, mais en voyant qu'un ongle de son adversaire avait la même couleur que le bijou d'ambre sur lequel il tirait, il eut un moment de stupeur. Relvinn en profita pour lui asséner un coup d'épée à la base du cou, tranchant à la fois les chairs et le collier. Le sorcier se vida de son sang et tomba mort. Devant la cabane, la dernière martre vivante se repaissait des vipères. Relvinn mit la griffe de fer dans sa poche et rentra chez lui peu après l'aube.

CHAPITRE XIII

À son retour, les premiers des Varègues attendus par son père étaient là. Boran discutait avec eux. Voyant son fils, il vint à sa rencontre et se contenta de lui demander son épée pour ne rien montrer de son soulagement. « Elle est propre et sèche, dit Relvinn en la lui rendant. Je l'ai essuyée dans les fourrés. » Cette fois, Boran ne put dissimuler son étonnement ni son admiration. Le garçon ajouta :

> 2. *Les longs poissons des herbes*
> *Ont perdu leur seigneur,*
> *Le noir lanceur de sorts*
> *Du dieu des bois sculptés.*
> *Le fils à l'ongle brun*
> *Sut employer la ruse*
> *Pour vaincre l'adversaire.*
> *J'ai retrouvé ma griffe.*

Boran félicita Relvinn de son exploit et le ramena avec lui pour le présenter aux visiteurs comme son associé à part entière. Il se trouvait là une dizaine de Varègues qui arrivaient de l'est pour attendre leur chef, Sven Bouche-Tordue. Ce dernier était retourné en Gotland pour vendre des bijoux et des étoffes de Constantinople, avant de reprendre son service auprès de l'empereur. On espérait sa venue pour le lendemain. Alors, une fois réglées les dernières affaires, tous les Suédois s'en iraient en remontant les fleuves jusqu'à Kiev, et de là au Bosphore. Pour le moment, Boran leur montra les pierres qu'il avait gardées pour eux, et ils conclurent de nombreux marchés, ses invités lui échangeant des sacs d'ambre contre les fourrures qu'ils avaient gagnées dans les forêts de Novgorod : du renard, du petit-gris, de la zibeline et même de la peau d'ours.

CHAPITRE XIV

Le soir, tous avaient pris place autour de la table longue pour le repas. On y échangea maintes nouvelles et les Varègues firent à leurs hôtes l'honneur de nombreux récits, et certains dirent même des poèmes appris au cours de leurs voyages. Relvinn les écoutait avec attention. En ce temps-là, l'empereur Alexis travaillait à la restauration de Byzance, et il avait toujours fort à faire contre les Turcs. Pour se reconstituer une marine et une armée, il faisait appel aux commerçants de Venise, à des Russes, des Anglais et des Francs, et à de rares Suédois comme Sven. Malgré la ruine du pays, il y avait de grandes richesses à accumuler pour qui savait s'y prendre, et Sven Bouche-Tordue était de ceux-là. Pourtant les combats étaient rudes, tant contre les ennemis voisins qu'à l'intérieur même du palais impérial, car le trône excitait bien des convoitises, et les rivalités au sein de la garde étaient nombreuses. Les Varègues n'y étaient presque plus représentés, tant certains courtisans avaient dénoncé leur violence et leur cupidité, ainsi que leur manque de fidélité dans les guerres qui avaient précédé le couronnement d'Alexis. Mais Sven avait la faveur de l'empereur, et savait la mettre à profit.

De nouveau, on demanda à Boran pourquoi, compte tenu du bénéfice qu'il pourrait en tirer, il ne taillait pas ses pierres « ou pourquoi ton fils n'apprend pas à le faire. – Je suis trop vieux pour apprendre, dit-il, et Relvinn n'en aura pas le temps. Nous avons trop de travail pour cela. – C'est dommage, dit l'un des Suédois. S'il venait avec nous, nous pourrions le confier aux lapidaires de Kiev, ou même à ceux d'entre eux qui nous ont suivis jusqu'à Constantinople. Leur savoir est immense. – Sans doute, dit Boran. Mais qui m'aiderait pour mon commerce en son absence ? Markan, mon autre fils, est encore bien trop jeune. » Ils en restèrent là pour cette fois, et allèrent se coucher.

CHAPITRE XV

Au cours de la nuit, des coups retentirent contre la porte de la maison, réveillant les dormeurs. On prit aussitôt les armes, et l'on demanda qui frappait. Un nouveau coup se fit entendre, puis plus rien. Boran finit par entrouvrir la porte, mais ne vit personne. La nuit était sombre, la lune n'étant pas encore levée. Puis il vit que les Varègues, qui couchaient dans l'un des bâtiments annexes, sortaient eux aussi pour voir de quoi il retournait. Relvinn fit allumer des torches, mais il fut impossible de découvrir l'origine du bruit. Tous rentrèrent pour se recoucher, mais peu purent fermer l'œil. Quand les coups à la porte reprirent, peu après, ils furent debout aussitôt. En un instant les hommes portant armes et lumière sortirent des habitations, prêts à se battre si besoin était. Mais une fois de plus, ils ne virent pas trace d'ennemi. Seul Relvinn aperçut une forme étrange dans l'obscurité : un grand homme assis sur la souche d'un arbre fraîchement coupé.

Au moment où la lune apparut dans le ciel, la forme se leva et s'avança, et l'on reconnut Hraggar l'Irascible, qui tenait dans sa main tendue une pièce d'argent, celle-là même qu'il avait jetée au visage de Relvinn après lui avoir volé sa griffe de fer. « Il semble que mon épée n'a pas versé beaucoup de sang l'autre nuit, dit Boran à son fils. – Il semble surtout que Hraggar a du mal à trouver le sommeil » dit Relvinn. Alors son père ordonna à l'intrus de partir, ce que l'autre ignora, continuant d'avancer. Un Varègue s'élança donc sur lui, le frappant de son épée, mais l'esprit de Hraggar n'en reçut aucun mal. D'autres vinrent le frapper de leurs armes, en vain. Tout juste lui arracha-t-on une oreille. Son visage blême exprima soudain la colère, il ouvrit la bouche, articulant lentement des mots que nul n'entendit. Alors il se retourna vers l'un de ses agresseurs, l'empoigna par le bras et le souleva de terre pour le jeter à dix pas de lui. Il montra à son cou la blessure mortelle que Relvinn lui avait infligée, puis rebroussa chemin, disparaissant dans la nuit.

Les Varègues se portèrent auprès de celui des leurs qui avait été blessé : il avait le bras cassé au-dessous du coude. On pansa ses plaies et ceux qui le pouvaient encore allèrent dormir. Au matin, nulle trace de Hraggar n'était visible sur le sol. C'était le jour où Sven Bouche-Tordue devait revenir de l'île de Gotland et retrouver ses compagnons chez Boran. Ce dernier, son fils et le chef des Suédois présents tinrent conseil. Il était clair que le sorcier tué par Relvinn ne pouvait trouver le sommeil, et tous redoutaient de le voir réapparaître la nuit suivante. « Quand il arrivera, dit Boran, Sven saura-t-il comment se débarrasser d'un tel gêneur ? – Je l'ignore, dit l'homme qui s'appelait Dyggvi. Nous n'en avons jamais rencontré de tel depuis que nous voyageons tous les deux. – Alors nous devrons en parler au prêtre dès ce matin, dit Boran. Lui saura ce qu'il faut faire. » On décida que Relvinn et son père iraient au village sans tarder, tandis que les Varègues attendraient l'arrivée de Sven pour lui raconter toute l'histoire.

CHAPITRE XVI

Boran et Relvinn se présentèrent donc devant la maison du prêtre de bonne heure, et lui exposèrent l'affaire. Il fut fort satisfait en apprenant la nouvelle de la mort de Hraggar. Quant à débarrasser le village de son fantôme, il accepta volontiers de s'en charger. Emmenant quelques esclaves avec lui, il accompagna Boran et son fils jusqu'à la cabane où gisait le cadavre du sorcier. L'ayant examiné, le prêtre demanda qui l'avait tué. « C'est moi » dit Relvinn. Le prêtre le regarda d'abord d'un air incrédule, puis comme ses serviteurs l'acclamaient déjà, il lui posa la main sur l'épaule pour le féliciter : c'était un exploit digne des plus grands combattants du Clan. Alors le prêtre prononça les paroles rituelles avant de sacrifier un lapin dont il enfonça la tête dans la bouche du mort. On abattit la hutte de Hraggar et ses poteaux sculptés, et on les empila en un bûcher où le corps fut brûlé par les esclaves. La fumée qui s'en dégageait était noire et nauséabonde. Puis vers midi tous retournèrent au village, et de là Boran et son fils regagnèrent leur maison sur la côte.

CHAPITRE XVII

Il y avait un homme qui s'appelait Perkenn fils de Vorhald, et par sa tante Bergys il était cousin de Hraggar. Quand il apprit des serviteurs du prêtre que son parent avait été assassiné, il pensa qu'il pourrait en tirer profit. Lui aussi avait vécu dans la crainte de Hraggar, qui le méprisait plus qu'aucun autre, mais cette disparition heureuse lui parut être l'occasion de prendre sa revanche sur une destinée jusque-là misérable. Il recueillit donc les témoignages des esclaves, puis se rendit chez le Maître du Clan pour convoquer l'assemblée des hommes libres et intenter un procès contre le meurtrier de son cousin, ce qu'on ne put lui refuser, encore que la mort du sorcier ne fût regrettée par personne. Mais Perkenn entendait recevoir une juste compensation, et c'était son droit.

Pendant ce temps, Sven Bouche-Tordue était arrivé chez Boran, qui lui fit les honneurs de son hospitalité. Il y eut un grand repas, après lequel on fit de nouvelles affaires. Sven avait des anneaux d'or qui lui serviraient à acheter en chemin les biens qu'il vendrait à Constantinople ; il en brisa un pour des pierres d'ambre de qualité supérieure que Boran lui avait réservées, et dont il comptait faire présent à l'empereur. Il s'entretint aussi avec son second des marchés conclus dans l'est en son absence. Les fourrures que ses hommes lui avaient rapportées étaient de premier choix. Enfin, Boran lui fit le récit des événements de la nuit et des exploits de son fils, et Sven offrit à Relvinn un bracelet incrusté d'ivoire pour sa bravoure.

Mais le soir, le Maître du Clan, Perkenn et de nombreux hommes arrivèrent à cheval pour convoquer Relvinn et son père à l'assemblée qui se tiendrait le lendemain, et où le garçon serait jugé pour meurtre. « Est-ce après mon fils que tu en as ? demanda Boran. – J'en ai bien après ton fils, dit Perkenn. – Et moi, comptes-tu me poursuivre aussi pour ce crime ? – Je n'ai pas de témoignage contre toi, dit Perkenn. Je te tiens donc pour totalement innocent du meurtre de mon cousin, et je ne te poursuivrai pas. – Alors je prends les autres à témoin de ta parole, dit Boran. Tu me verras demain à l'assemblée. » Ils s'en tinrent là pour le moment, et les villageois rentrèrent chez eux. Aussitôt Boran prit Relvinn à part lui pour décider de ce qu'ils devraient faire.

CHAPITRE XVIII

Le lendemain, peu après l'aube, Boran se rendit à l'assemblée des hommes libres en compagnie de serviteurs et d'une douzaine de Varègues. Tous portaient les armes ouvertement. En les accueillant, le Maître du Clan lui dit qu'ils se rendaient à un procès légal, et non à une bataille. « Je sais où est mon droit, dit Boran. Ces armes me permettront de le défendre si l'on me le conteste, rien de plus. » Malgré son mécontentement, le Maître du Clan les conduisit à l'assemblée où Perkenn attendait déjà. Lui aussi était armé, et avait convié quelques proches à qui il avait promis une part de l'argent qu'il espérait gagner. En voyant les Suédois qui accompagnaient Boran, il alla se plaindre au Maître du Clan, car c'étaient des étrangers au village. « Certes, dit le Maître, mais ils ont le statut d'hommes libres, et rien ne leur interdit d'assister au jugement. Si leur présence te dérange, va le leur dire. » Perkenn lui lança un regard mauvais avant de rejoindre les siens. Il redoutait que Boran ne se servît des étrangers pour influencer l'issue des débats. Enfin le procès commença.

Perkenn parla le premier. Il se dit affligé par la perte de son parent Hraggar, que l'on avait assassiné, en conséquence de quoi il exigeait une légitime compensation : un lourd prix-du-sang, et le bannissement du meurtrier. Perkenn savait que Relvinn n'avait encore aucun bien, et que son père serait amené à payer pour lui. La richesse du marchand d'ambre était suffisamment connue dans les environs pour exciter les convoitises, en l'occurrence celles des quelques hommes qui étaient venus avec le plaignant à l'assemblée pour l'assister. Boran garda le silence. Ce fut donc le Maître du Clan qui fit à Perkenn la demande du nom de celui qu'il accusait. « Je tiens Relvinn fils de Boran pour meurtrier de mon cousin, dit Perkenn, et c'est à lui que je demande réparation. » On s'aperçut alors que Relvinn n'était pas venu avec son père. Le Maître lui demanda pourquoi, et où il était.

« Avant toute chose, dit Boran, Perkenn doit prouver que mon fils est bien le meurtrier de son parent. Qui m'oblige à le croire ? – Des hommes l'ont entendu se vanter de ce crime, dit Perkenn. Ils sont mes témoins. » Perkenn fit avancer les serviteurs du prêtre qui l'avaient accompagné lorsqu'il avait fallu brûler le cadavre de Hraggar. « Ce ne sont que des esclaves, dit Boran. Leur parole n'a aucune valeur, même s'ils ont vraiment entendu ce que tu prétends. » Perkenn avait prévu l'objection, mais comme il n'avait qu'un seul témoignage pour soutenir sa cause, il avait préféré convoquer aussi les gens du prêtre, en espérant faire bonne impression sur l'auditoire par l'effet du nombre. Or cette manœuvre ne lui réussit pas, et même ceux qui étaient venus pour le soutenir exprimèrent leur désapprobation. Il dût alors s'adresser au prêtre lui-même, et lui demander s'il n'avait pas entendu Relvinn avouer son crime. « Je regrette, Boran, dit le prêtre, mais c'est vrai. Ton fils a reconnu le meurtre en ma présence, et tu étais là toi aussi pour l'entendre. » Perkenn demanda ensuite à Boran s'il niait toujours la culpabilité de son fils, et Boran répondit qu'en effet il ne le niait plus, puisque la preuve en avait été faite.

Le Maître du Clan demanda une nouvelle fois pourquoi Relvinn n'était pas présent. « Il est parti, dit Boran. Sachant qu'il serait banni pour ce meurtre, il a préféré partir avant le lever du jour. – Tu mens, dit Perkenn. Tu le tiens caché chez toi pour le soustraire à son châtiment. – Je ne mens pas, et tu pourras toi-même vérifier qu'il n'est pas chez moi, ni sur mes terres. » Le Maître dit alors que l'affaire était entendue, puisque le coupable avait déjà accepté son bannissement, mais Perkenn protesta, disant qu'on l'avait privé de sa vengeance « et il me doit toujours le prix-du-sang, dont je n'ai pas encore proposé le montant. » Le prêtre lui rappela aussitôt qu'en portant l'affaire devant l'assemblée des hommes libres, il avait renoncé à la vengeance et choisi la justice. « Justice n'a pas encore été rendue, dit Perkenn. Je demande à nouveau l'argent que me doit Relvinn. – Tu n'as qu'à le retrouver pour le lui exiger, dit Boran. – Mais tu as dit toi-même qu'il était parti. Comment pourrais-je le lui réclamer ? Comme tu pourras, dit Boran. Je ne peux plus rien pour toi. » Nombreux furent ceux parmi l'assemblée qui rirent à la déconvenue de Perkenn, car ils savaient bien que ce n'était que par appât du gain qu'il avait organisé ce procès.

Perkenn se retourna alors contre Boran, pour exiger de lui l'argent que lui devait son fils, et que de toute façon il n'aurait pas été en mesure de lui fournir. « Si tu savais cela, dit Boran, pourquoi voulais-tu que mon fils te paie un prix-du-sang ? – Tu aurais payé pour lui, dit Perkenn sans plus masquer son dessein. Ton honneur l'aurait exigé. J'attends donc de toi que tu me donnes ce que je réclame. » Boran lui rappela que la veille, il l'avait tenu pour totalement étranger à l'affaire, et qu'il s'était engagé devant témoins à ne pas le poursuivre. Les Varègues présents et le Maître du Clan pourraient en témoigner. « Mais tu es devenu son complice, dit Perkenn en comprenant que la victoire lui échappait. Cette nuit, tu l'as aidé à s'enfuir. – Certes, dit Boran, mais alors sa culpabilité n'avait pas encore été prouvée devant cette assemblée. » Perkenn mit la main à son épée ; aussitôt les Varègues qui accompagnaient Boran se levèrent et brandirent leurs armes. En se retournant, Perkenn vit que les siens ne le suivaient pas : ils n'étaient pas de taille à se mesurer aux guerriers suédois, et de plus la cause de Perkenn était déjà perdue. Celui-ci abandonna donc la partie. Le Maître du Clan déclara que jugement était rendu. Relvinn était banni sans autre forme de compensation. Chacun pouvait à présent rentrer chez soi.

Mais Boran dit qu'il n'en avait pas terminé. Il se retrouvait injustement privé de son fils par la faute de Perkenn et demandait réparation. « Contestes-tu le verdict de l'assemblée ? dit le Maître du Clan. – Non, dit Boran, mais si mon fils est aujourd'hui banni, c'est par la faute avérée de Hraggar l'Irascible qui lui a d'abord volé un bijou devant témoins. Et puisque Hraggar ne peut plus m'offrir de compensation, je me tourne vers son cousin Perkenn, qui avait avec lui tant d'intérêts communs. » À ces mots, quelques hommes se levèrent pour affirmer qu'ils avaient assisté au vol du collier. Perkenn resta sans rien dire, ne sachant plus comment se défendre. Ses proches le quittèrent alors, renonçant même à lui chercher querelle pour le butin qu'il leur avait promis. Le Maître du Clan demanda à Boran ce qu'il exigeait en compensation, ce à quoi le marchand se contenta de demander pour son fils un bannissement réduit à seulement cinq hivers. Perkenn s'empressa d'accepter, et le procès fut enfin conclu. « Tu t'es conduit habilement aujourd'hui, Boran, dit le prêtre, mais comment ton fils saura-t-il que son exil n'est que temporaire ? – Il saura » dit simplement Boran. Puis l'assemblée fut levée, et chacun retourna à ses occupations.

CHAPITRE XIX

Le soir même, Boran prit son cheval et accompagna les Varègues qui regagnaient leurs embarcations laissées à l'embouchure du fleuve, plus à l'est, avant de reprendre la mer. Sven Bouche-Tordue allait avec lui, reprenant le commandement de tous ses hommes. Au coucher du soleil, ils arrivèrent au campement. Tout était prêt pour le départ. Les fourrures étaient chargées, avec l'or et l'ambre dans deux coffres solides, de la nourriture et de l'eau douce en suffisance pour un long voyage. C'était plus qu'il n'était nécessaire, les Varègues comptant effectuer de nombreuses étapes en chemin jusqu'à Constantinople. Quand ils virent leur chef approcher, les hommes lui adressèrent de nombreux vivats, et saluèrent son compagnon. Boran ne mit pas longtemps à discerner son fils dans la foule. Il descendit de cheval pour lui parler avant le départ. Relvinn l'attendait, les mains posées sur une épée plantée en terre devant lui. « Cinq hivers, dit Boran. – C'est bien peu, dit Relvinn. – Il suffit d'un instant pour mourir, dit Boran, et même un seul hiver me semblera trop long. Ton frère n'est pas encore prêt pour travailler avec moi, il faudra que je trouve de l'aide autrement. – Je sais. Je regrette de devoir partir. – Tu n'as fait que ce que l'on attendait de toi. Ton honneur est sauf. Reviens-moi dans cinq ans, c'est tout ce que je te demande. »

Ils se joignirent aux autres pour un repas d'adieu. Sven Bouche-Tordue promit à Boran de veiller sur son fils, et d'en faire un homme accompli. Son propre fils, Eirik, serait pour lui comme un frère ; d'ailleurs, il lui avait déjà donné son épée. En outre, Relvinn trouverait facilement sa place dans le groupe, puisqu'il pourrait choisir et estimer l'ambre qu'ils seraient amenés à trouver au cours du voyage. Quant aux combats possibles, il avait prouvé qu'il savait se battre. L'entraînement des Varègues achèverait sa formation. Boran le remercia. À la fin du repas, un scalde déclama quelques poèmes parlant de la richesse et des splendeurs de Byzance. Une fois encore, Relvinn écouta attentivement. Puis on vida encore une coupe, et il fut temps d'aller se coucher.

Avant le départ, le lendemain matin, Boran trouva son fils une dernière fois pour lui transmettre les adieux de son frère Markan, et lui remettre un anneau d'or donné par sa sœur Fenys. Les hommes embarquèrent sans tarder, les rameurs installés sur leurs bancs, menant les bateaux vers le large. Relvinn se tenait aux côtés de Sven, à la proue du navire le plus imposant. Il ne jeta aucun regard en arrière. Boran prit son cheval et rentra chez lui.

CHAPITRE XX

Tout d'abord, les Varègues prirent la direction de la haute mer, avant de virer vers l'est. Ils étaient près de cent trente hommes, répartis sur cinq bateaux longs pouvant aussi bien naviguer au large que remonter les fleuves et même certaines rivières. Celui de Sven Bouche-Tordue emportait deux chevaux et comptait quarante rameurs. Relvinn n'avait jamais mis pied à bord d'un tel navire. En mer, les marins hissèrent les voiles. Toujours à l'avant, Relvinn aperçut plus au sud une crête blanche : c'était le sommet des falaises où son père avait découvert la plage de l'ambre, mais il n'en dit rien à ses nouveaux compagnons. Bientôt, on lui enseigna les principales manœuvres du bord, qui ne différaient pas beaucoup de celles qu'il avait apprises pour manier la barque de pêche avec son oncle. Il eut aussi sa place sur les bancs des rameurs, à la hauteur d'Eirik, le fils de Sven.

Les deux garçons avaient presque le même âge, Eirik étant l'aîné d'un an à peine. Quand les navires firent escale deux jours plus tard, dans un port de pêche, ils accompagnèrent les hommes sur le marché. Eirik demanda une épée neuve à son père, car il avait donné la sienne à Relvinn « et je n'ai pas encore eu l'occasion de mesurer ses talents de combattant ». Sven Bouche-Tordue lui offrit de choisir celle qui lui ferait plaisir dans l'atelier du forgeron du village. Eirik se décida pour une épée dont la garde avait l'image de deux serpents aux yeux incrustés de pierre verte. C'était une arme de grand prix, mais Sven la lui offrit sans discuter. Plus tard, tandis que les marins chargeaient de nouvelles provisions à bord, les garçons se battirent sur la plage. Relvinn n'avait jamais combattu avec un bouclier. Eirik le vainquit facilement, avant de lui enseigner quelques coups élémentaires. Ils reprirent leur affrontement, Relvinn avait fait des progrès, mais il se retrouva de nouveau à terre, et sans arme. Comme Eirik s'approchait pour l'aider à se relever, Relvinn lui jeta du sable au visage et se jeta sur lui, le désarmant à son tour. Eirik ne l'immobilisa qu'à grand-peine. « Tu te bats mal, lui dit-il, mais tu es rusé. Je saurai me méfier de toi. – Tu feras bien, en effet » dit Relvinn. Puis Eirik continua de lui enseigner les règles des combats.

CHAPITRE XXI

Après deux semaines de navigation, les hommes de Sven Bouche-Tordue approchèrent d'un fleuve côtier qu'ils remontèrent sur une lieue sans se faire voir. En amont se trouvait un village que le commerce de l'ambre et des peaux avait rendu prospère. Les Varègues décidèrent de tenter leur chance en attaquant au coucher du soleil. Ils affalèrent les voiles et patientèrent plusieurs heures à bord. Sven désigna deux de ses compagnons qui devraient leur servir d'éclaireurs. Quand ils revinrent, les nouvelles étaient encourageantes : le seigneur local, qui venait de passer quatre jours au village, était reparti en ne laissant qu'une poignée d'hommes dont il serait facile de venir à bout ; pour le reste, les habitants n'étaient pas en mesure de leur opposer la moindre résistance. Il ne restait qu'à espérer un butin satisfaisant, ce qui, après le passage du seigneur, n'était pas assuré. Mais Sven ne s'en inquiéta pas. Il y avait longtemps que sa troupe n'avait pas pris les armes, et cette petite expédition ne pourrait pas leur faire de mal avant la reprise de leur service dans la garde de l'empereur Alexis.

Pour la première fois Relvinn allait prendre part à une bataille d'importance. Tantôt Eirik l'encourageait, tantôt il lui adressait des regards moqueurs pour exciter sa colère. Mais Sven ordonna aux garçons de rester en retrait tant que l'issue des combats ne serait pas certaine. Les Varègues amenèrent silencieusement leurs bateaux aux abords du village un peu avant la tombée de la nuit, afin de lancer l'assaut. L'affrontement fut bref. En peu de temps les hommes d'armes qui veillaient sur la population furent mis en déroute, et les villageois durent fuir leurs maisons en flammes. Le butin était maigre, comme on le redoutait, mais Dyggvi, le second de Sven, découvrit une grange contenant des étoffes dont ils pourraient tirer un bon prix, notamment du vadmel et du brocart. La nuit se passa en pillages, auxquels Relvinn participa avec ardeur. Ainsi, il réussit à deviner la cachette où le chef du village avait dissimulé ses richesses, dans le mur de sa maison. Vers le matin, le bruit courut que des fuyards avaient donné l'alerte, et que la troupe du petit seigneur avançait à marche forcée à la rencontre des pillards. Sven rassembla ses hommes. Il ne voulait pas se risquer à une bataille rangée qui n'en valait pas la peine. Une heure plus tard, les cinq bateaux reprenaient le large, tandis que les rameurs entonnaient un chant de victoire. Encore tout échauffé par cette aventure, Relvinn composa cette strophe :

> 3. *Point n'ai trempé le fer*
> *Dans la mer des corbeaux,*
> *Mais l'orage des lances*
> *Ard*[8] *le cœur du jeune homme.*
> *Les arbres des batailles*
> *Ont vaincu l'ennemi ;*
> *Ils ont pris leur butin,*
> *Les serpents de la mer.*

---
8. En vieux français *ardoir* ou *ardre* : brûler (NdT).

CHAPITRE XXII

Après encore bien des jours de navigation, les Varègues quittèrent la Baltique pour s'engager dans le golfe où se jette la Dvina. Là, ils firent une courte escale avant de remonter le fleuve vers la Russie. Sven expliqua à Relvinn que toutes les terres qu'ils allaient traverser étaient sous l'autorité du prince de Kiev. « Au nord, nous pourrions aller jusqu'à Novgorod, dit-il, mais je n'y ai pas que des amis. » Quelques mois auparavant, Sven et ses hommes avaient conclu avec des boyards de la ville un marché dans des conditions douteuses, et depuis, ils devaient prendre de grandes précautions pour y retourner. Cette fois, de toute façon, leur route les menait à l'est jusqu'à Smolensk, puis au sud, sur le Dniepr, vers Tchernigov, Kiev, et Oleche, dernière étape avant la Mer Noire. À Kiev, ils resteraient un moment, le temps d'acheter des présents et de faire travailler l'ambre acheté à Boran.

« Si tout va bien, dit Dyggvi, nous trouverons à Kiev un lapidaire qui nous accompagnera jusqu'à Constantinople. Il pourra travailler lors de nos campements, le soir, et ainsi nous gagnerons du temps. » À ce moment, Eirik dit que Relvinn ne pourrait pas entrer dans les villes qu'ils traverseraient, et que jamais l'empereur Alexis ne voudrait de lui. Comme le garçon s'en étonnait, Sven lui demanda s'il avait reçu le baptême des Chrétiens. « Ceux qui propagent cette foi, dit Relvinn, nous les brûlons dans des mannequins d'osier. – Là où nous allons, dit Sven, tous sont chrétiens. Tu devras recevoir le baptême à Kiev pour pouvoir nous suivre et commercer. – Cela n'est pas à mon goût. – C'est malgré tout indispensable. Nous autres, nous ne l'avons ac-

cepté que pour conclure nos marchés. Quant à l'empereur, il exige le baptême de tous les hommes de sa garde. Mais personne ne nous empêche après cela d'honorer nos dieux.
– Mes dieux à moi sont jaloux, dit Relvinn. – Et pourtant ils autorisent ton père à commercer avec moi, qui en ai d'autres que lui. » Le garçon répondit que ce n'était pas la même chose, et qu'il ne se ferait pas baptiser. « Si tu refuses, dit Sven, tu ne pourras plus nous accompagner. – Alors il faudra faire autrement » dit Relvinn.

CHAPITRE XXIII

Pendant que son père parlait à Relvinn, Eirik n'avait pas dit un mot. Il ne comprenait pas que le nouveau venu dans leur groupe pût refuser de se plier à la formalité du baptême, dont les Varègues avaient tous compris l'intérêt pour leurs affaires. Ses parents lui avaient toujours répété que les gens d'Eklendys avaient d'étranges façons, mais l'obstination de Relvinn le surprenait encore. Un jour cependant, tandis que les bateaux remontaient à la rame le cours de la Dvina et que son compagnon peinait sur le banc de rameurs opposé, il se mit à chanter d'une voix forte, si bien que tous purent l'entendre :

> 4. *La porteuse de bouclier,*
> *Fille du père des combats,*
> *Vint à l'orage des épées*
> *Chercher fardeau pour son cheval.*
>
> *Mais elle ne le trouva pas*
> *Parmi les arbres des batailles,*
> *Le garçon à l'ongle bistré*
> *Loin de sa plage au sable gris :*
>
> *Car plus que du serpent des flancs*
> *Qui offre leur mer aux corbeaux,*
> *Il avait peur de l'eau sacrée,*
> *La prière au dieu des Chrétiens !*

Tous les hommes rirent de ces paroles, et Relvinn jeta à Eirik un regard qui en disait long sur sa colère. Toutefois, il ne desserra pas les dents, continuant de ramer avec les autres. Le soir, comme le garçon n'avait toujours pas prononcé un mot, Sven Bouche-Tordue alla trouver son fils pour lui dire de ne plus recommencer pareille moquerie, puisqu'il devait considérer Relvinn comme son frère, et que « semblable offense est aussi une injure que tu me fais, après ce que j'ai promis à Boran. – Mais n'était-ce pas la vérité ? – Il est d'autres façons de la faire connaître, dit Sven. – Alors Relvinn pourra venger son honneur lors de notre prochain entraînement, dit Eirik. – Ou plus tard » dit Sven. Puis il fit promettre à son fils d'aller se réconcilier avec Relvinn. Eirik accepta de mauvaise grâce, préférant remettre la corvée au lendemain.

Peu après le réveil, les garçons se retrouvèrent auprès des navires, et comme Relvinn continuait de fuir sa compagnie, Eirik vint se planter devant lui. « Il semble que tu n'aies pas apprécié ma chanson, dit-il. – En effet, dit Relvinn. Ta poésie était faible. – Veux-tu que nous en débattions à l'écart, dans les sous-bois ? – Mon bouclier n'a pas besoin de nouvelles bosses, et je garde mon épée pour un adversaire qui la méritera » dit Relvinn en ramassant ses affaires pour le départ. Eirik l'aurait frappé si son père n'était pas arrivé à ce moment. Les Varègues se remirent en route et les choses en restèrent là. Mais le soir, Relvinn agit envers Eirik comme si rien ne s'était passé.

CHAPITRE XXIV

Il arriva enfin que les hommes de Sven Bouche-Tordue durent se préparer à quitter la Dvina pour transborder leurs bateaux vers le cours du Dniepr. Ils approchèrent d'un village installé sur la rive du fleuve où ils avaient l'habitude de hisser leurs embarcations à terre. Le seigneur en était un boyard nommé Dmitri, qui accueillait les Varègues avec de grands égards, car ils achetaient toujours à bon prix les fourrures qu'il leur présentait. En échange, il leur allouait les serfs dont ils avaient besoin le temps du roulage de leurs bateaux. Ce jour-là, de nombreux voyageurs se trouvaient au village, dont un grand nombre étaient originaires de Pskov et Novgorod. Ils rentraient de Kiev, où leurs affaires n'avaient pas été aussi bonnes qu'ils l'eussent souhaité. Le prince de la Russie s'entendait mal avec ses vassaux du Nord, qui n'étaient plus les bienvenus dans sa ville à cette époque. Les marchands mécontents s'étaient réunis autour de deux boyards de Novgorod qui les accompagnaient pour leur exposer leurs doléances.

Quand les Varègues arrivèrent, le noble le plus âgé reconnut Sven Bouche-Tordue, et invita l'assemblée à faire taire sa colère pour l'instant, ou à la retourner contre les Suédois. Le boyard était en effet l'un de ceux que Sven avait trompés lors de son dernier voyage à Novgorod ; il entendait bien le lui faire payer, et l'occasion se présentait alors qu'une troupe nombreuse pouvait lui venir en aide. Les autres entendirent son histoire avec intérêt. Pour leurs esprits échauffés, la nécessité des représailles ne faisait aucun doute. Laissant les nouveaux venus débarquer et s'installer à leur aise dans le village, ils se concertèrent pour les attaquer de nuit, quand leur vigilance serait assoupie. En outre, les Varègues se sachant en sécurité sur le fief de Dmitri, ils ne s'attendraient pas à devoir y livrer un combat. Les gens du nord se retirèrent donc dans leurs baraquements, patientant jusqu'à la fin du jour, et fourbissant leurs armes.

La nuit venue, ils firent irruption dans le camp installé par Sven à proximité des pontons. Trois Suédois furent taillés en pièces par les assaillants, et un quatrième donna l'alerte avant d'être transpercé par une pique. Aussitôt, les Varègues bondirent sur leurs pieds, cherchant à se défendre. Neuf succombèrent encore, mais ils parvinrent à s'organiser, se regroupant autour de leur chef. Face au mur de boucliers qui venait de se dresser devant eux, certains des attaquants hésitèrent à poursuivre. Mais ils avaient l'avantage du nombre, et leurs seigneurs les encourageaient de leur mieux. Ils donnèrent un nouvel assaut.

De son côté, Sven donnait des ordres à ses hommes comme s'ils avaient repris leur place dans les armées de Byzance. Moins nombreux, ils étaient pourtant mieux organisés et mieux entraînés : les gens de Novgorod subirent très vite de lourdes pertes. Pris dans la mêlée, Relvinn se retrouva face à deux porteurs de hache. Il déjoua leur première attaque, s'esquivant sur le côté, pour reprendre l'initiative du combat : d'un coup d'épée porté à deux mains, il trancha le bras de l'un de ses assaillants. L'autre fit tournoyer sa hache ; Relvinn s'accroupit afin de l'éviter, puis plongea, sa lame en avant. Le Russe tituba, vit l'épée qui le transperçait jusqu'à la garde, et tomba mort. Mais un boyard qui avait assisté à l'affrontement s'approcha et trouva le garçon désarmé. Relvinn avait tardé à extraire sa lame du ventre de son ennemi. Fichée dans une vertèbre, elle refusait de sortir. Alors, comme l'autre allait le faucher de son épée recourbée, il défit son collier et le lui lança au visage. La griffe de fer vint écorcher l'œil du Russe en s'enroulant autour de sa tête et brisa son élan, laissant à Relvinn le temps de ramasser la hache d'un de ses adversaires et de fendre le crâne du boyard d'un coup bien ajusté. Alentour, les assaillants des Varègues prirent la fuite.

CHAPITRE XXV

Sven Bouche-Tordue rassembla ses hommes après la bataille. Au total, dix-sept avaient péri, mais le nombre de Russes morts était presque deux fois plus élevé. Quant aux prisonniers, ils furent mis sous bonne garde. Trois étaient des boyards très riches, et les Varègues pourraient en tirer une bonne rançon. Arrivé sur les lieux au petit matin, Dmitri, le seigneur du village, vint trouver les Suédois pour leur offrir ses services. « Quel prix me demanderas-tu pour la mort de tes hommes ? demanda-t-il à Sven. – Que pourras-tu me donner qui puisse la compenser ? – Je ne suis riche que de terres, dit le boyard, et cela n'a guère de valeur pour vous autres voyageurs. Mais si tu acceptes de rester ici encore une semaine, je pourrai vendre tes prisonniers à des marchands d'esclaves du Khan des steppes. En attendant, je vous offrirai, à toi et tes hommes, le logis dans mon château. – Marché conclu, dit Sven. Ce sont là paroles loyales et bienvenues. »

Il en alla ainsi. Dès que ses hommes furent prêts, le chef varègue les envoya au château de Dmitri, moins ceux qui devaient veiller sur les bateaux et deux qu'il envoya à cheval à Novgorod pour exiger la rançon des boyards prisonniers. Enfin, il rejoignit les garçons, qu'il trouva assis devant une hutte. Eirik avait reçu deux blessures, l'une au bras, l'autre à la cuisse ; Relvinn ne portait aucun bandage, mais il était grave et pâle. « Il a reçu un coup sous l'oreille, dit Eirik. C'est ce qu'il m'a fait comprendre, car il a trop mal pour ouvrir la bouche ou parler. » Sven leur demanda s'ils avaient prouvé leur valeur dans le combat. Eirik répondit qu'il avait tué un Russe et blessé un autre, à présent parmi les prisonniers. Quant à Relvinn, il se leva, et de son épée leur désigna trois des cadavres que l'on avait empilés au bord de la rivière. Sven fut étonné, mais se dit très fier de lui. Eirik, de son côté, lui lança un regard empli de jalousie.

CHAPITRE XXVI

Une semaine après, les marchands d'esclaves envoyés par le Khan des steppes arrivèrent au château de Dmitri. Celui-ci se montra prudent, n'offrant l'hospitalité qu'aux marchands eux-mêmes, et laissant leurs hommes d'armes camper contre le remblai de pierre, à l'extérieur des palissades de l'enceinte. Le boyard tira un bon prix des esclaves capturés par les Varègues, et remit l'argent à Sven Bouche-Tordue alors que les hommes de l'est reprenaient leur route, en direction de Moscou. « Cela rachète-t-il le sang versé par tes guerriers ? demanda Dmitri. – En effet, dit Sven. Tu en as tiré un meilleur prix que je ne l'aurais fait. – Ces marchands me connaissent, dit le boyard. Ils savent que mes esclaves valent le prix qu'ils les achètent. Et pour des esclaves russes, ils n'ont pas payé aussi cher qu'ils le craignaient. – Pourquoi ne leur as-tu pas demandé plus, alors ? – Parce que le jour où le Khan viendra, non plus avec des marchands mais avec des soldats, je veux qu'il nous reconnaisse, moi et mes fils, comme des amis. – Crains-tu qu'il n'attaque bientôt ? dit le Varègue. – Que ce soit lui ou l'un de ses descendants, dit Dmitri, ce sera toujours trop tôt. »

CHAPITRE XXVII

Quelques jours plus tard, les Suédois regagnèrent le village, en remerciant le boyard pour son accueil. Ils dormirent au bord du fleuve tant que les messagers envoyés à Novgorod n'étaient pas revenus. Enfin, ceux-ci arrivèrent, accompagnés d'un groupe de Russes. Aux selles de leurs chevaux pendaient de pesants sacs de peau, pleins de la rançon que les Varègues avaient exigée pour leurs trois derniers prisonniers. L'argent fut versé sans discussion et les boyards rendus, mais Sven comprit qu'à l'avenir il lui faudrait éviter les cités du nord. Toutefois, il avait accumulé un butin considérable, et son cœur en était réjoui. En quelques heures, les hommes furent de nouveau prêts à partir : les serfs de Dmitri les aidèrent à sortir les bateaux de la rivière, à les poser sur des rondins de bois, et à leur faire traverser la distance les séparant du cours d'eau le plus proche. Avant de monter à bord, Sven prit dans son propre trésor un anneau d'or qu'il confia à l'intendant de Dmitri, à l'intention de son maître.

Pendant tout le temps qu'ils avaient passé au village, les hommes avaient pansé leurs plaies. Eirik boitait encore un peu, mais il pouvait se servir normalement de son bras. Le coup d'épée avait frappé juste sous l'épaule, puis le bouclier avait dévié la lame. De fait, le fils de Sven recommençait à s'entraîner tous les jours. Mais Relvinn ne parlait toujours pas. Pourtant il arrivait à ouvrir la bouche, bien qu'aucun son n'en sortît. Soucieux, Sven Bouche-Tordue avait fait venir un homme du village qui avait des dons pour la guérison, et lui avait fait examiner le garçon. Le villageois regarda dans sa gorge, sans rien trouver d'anormal. Relvinn lui fit comprendre que tout allait bien, mais qu'il préférait attendre que la douleur fût éteinte pour parler à nouveau. Il émit même un grognement pour finir de rassurer Sven. Après quoi, on le laissa tranquille. « Il était déjà bien silencieux, dit Dyggvi. Cela ne changera pas grand-chose. »

Les jours passèrent, et les Varègues approchaient de Kiev. Eirik et Relvinn participaient activement aux parties de chasse dans la forêt, mais un jour, alors que les Suédois traquaient un sanglier, Relvinn se retrouva seul face à l'animal. C'était une bête de grande taille, aux soies dures et coupantes comme l'acier. Dès qu'il vit le garçon, il se jeta sur lui. Relvinn n'eut d'autre choix que de grimper à un arbre. Dans sa précipitation, il laissa tomber sa lance et son bouclier, ne gardant que son épée à la ceinture. Le sanglier vint se frotter au tronc, et s'éloigna un peu. Dès que Relvinn faisait mine de vouloir descendre, il relevait sa hure vers lui, et de l'écume était visible sur ses défenses. À califourchon sur une branche, le garçon finit par attendre et observer. Au bout d'un moment, il tailla un morceau de bois dans la ramure à l'aide de son épée, pour en faire une sorte de fourche. Elle ne serait pas assez robuste pour transpercer le cuir de l'animal, mais son manche était juste assez long, et l'intérieur de la fourche portait de nombreuses encoches. Relvinn descendit donc de sa branche, se préparant à l'attaque du sanglier. Celui-ci chargea, et le garçon n'eut que le temps de brandir son morceau de bois. Le bâton se brisa sous le choc, mais la fourche s'écarta sur le crâne de la bête, et les encoches se fichèrent dans ses orbites, lui crevant un œil. Relvinn remonta sur une branche. Alertés par les cris du sanglier, les Varègues arrivèrent et lui fichèrent leurs lances dans le corps. Sven demanda au garçon pourquoi il n'avait pas appelé les autres chasseurs ; Relvinn se contenta de désigner sa gorge.

CHAPITRE XXVIII

Enfin, les Varègues parvinrent aux portes de Kiev. Relvinn, qui n'avait jamais vu de cité de pierre aussi imposante, crut un moment qu'ils étaient déjà arrivés à Constantinople. Ses compagnons le détrompèrent, lui expliquant que la taille des deux villes n'avait rien de comparable, et « la citadelle de Byzance est bien plus redoutable que le kremlin de Kiev ». Ils laissèrent leurs bateaux amarrés aux pontons sous bonne garde, et emportèrent leurs richesses au marché situé sous les remparts. Là, Sven comptait d'abord acheter de nombreux présents pour l'empereur, puis, grâce à l'or des gens de Novgorod, offrir à ses hommes tout ce qu'ils pouvaient désirer pour les récompenser de leur peine. Kiev était une cité opulente, les marchandises qu'on y trouvait étaient souvent d'excellente qualité. Dans le même temps, pendant que ces affaires seraient réglées, il faudrait penser à faire tailler l'ambre acheté à Boran, et le sertir dans des bijoux. Cela prendrait plusieurs semaines, mais il n'y avait pas d'autre solution.

Comme les Suédois arrivaient au marché, Eirik fit remarquer à Dyggvi que Relvinn n'était toujours pas baptisé. Dyggvi en parla aussitôt à son chef, qui vint trouver le garçon pour lui dire qu'il faudrait se rendre devant un prêtre. Relvinn ne cacha rien de son déplaisir, même s'il ne prononça toujours aucune parole. Sven Bouche-Tordue lui fit donc passer les murailles pour se rendre à l'église la plus proche, où il comptait trouver un pope. Le garçon, pendant qu'ils cheminaient, gardait la tête baissée malgré son désir de tout regarder de la ville autour de lui. Quand ils entrèrent dans l'église, un métropolite s'y trouvait, qui accueillit volontiers la requête du Varègue. La cérémonie du baptême eut lieu sur-le-champ. Relvinn ne comprenait pas les paroles du religieux, en dépit du peu de russe que ses compagnons lui avaient enseigné, mais Sven faisait office de traducteur. Plusieurs fois, le métropolite attendit une réponse : Relvinn restait tête basse, sans rien dire. Sven dit au prêtre qu'il ne pouvait pas parler suite à un coup reçu au combat « mais il désire recevoir la lumière de Christ. – Peut-il manifester son assentiment, au moins ? dit le métropolite. – Il le fera » dit Sven. Alors, sans rien changer de son attitude, Relvinn émit quelques grognements que le prêtre accepta comme réponse. Ainsi l'Église des Chrétiens reçut-elle Relvinn.

CHAPITRE XXIX

Ils venaient de quitter le religieux quand Sven Bouche-Tordue dit à Relvinn que maintenant, il serait libre d'entrer dans toutes les villes de Russie et de l'empire, et d'y commercer. « Ce sera une bonne chose, en effet, dit le garçon. J'ai hâte de découvrir tout cela. – Comment se fait-il que tu parles à présent, dit Sven, alors que tu n'as pas dit un mot dans l'église ? – Je n'en avais pas envie. – Tu m'as donc fait mentir devant un de leurs prêtres. – Tu ne savais pas que je pouvais parler, tu n'as donc pas menti. – Et depuis combien de temps peux-tu parler ? – Je ne sais pas, dit Relvinn. J'ai gardé le silence depuis la bataille. » Sven le considéra un moment, puis « à part moi, personne ne sait que tu n'es pas vraiment baptisé, dit-il. Mais les autres n'ont pas besoin de savoir. – C'est ce que je pense aussi » dit Relvinn. Il savait que les Varègues n'accordaient pas de valeur autre que pratique au baptême des Chrétiens, et que les Chrétiens eux-mêmes, souvent, le savaient tout aussi bien, mais le commerce ne s'en portait que mieux. Sven avait fait ce qu'il devait pour le fils de son ami Boran ; Relvinn, lui, s'était arrangé pour ne pas renier la foi de ses ancêtres. « Tu sais te servir de ta tête et tu as de la patience, dit le Suédois. Qui sait ? Peut-être sauras-tu t'attirer les faveurs de l'empereur Alexis ? » Puis ils rejoignirent les autres sur le marché, à l'extérieur de la ville.

CHAPITRE XXX

Pendant que les Varègues achetaient au pied des remparts ce dont ils avaient besoin, Relvinn se retrouva devant la maison d'une devineresse. On l'appelait l'Oracle. Malgré l'insistance des prêtres de la ville, personne ne voulait se décider à la chasser. Les soldats craignaient ses malédictions, même si personne n'avait eu à souffrir de la moindre méchanceté de sa part, et pour les habitants, c'était même une sainte femme. Des anciens la connaissaient depuis toujours, comme leurs pères avant eux, et l'on disait qu'elle avait plus de cent ans. Comme toutes ses prédictions s'étaient trouvées exactes, on venait la consulter de très loin. Pourtant, elle acceptait rarement de parler, et nombreux s'en retournaient sans qu'elle les eût reçus. Mais il se voyait toujours des tentes à proximité de sa demeure, abritant ceux qui espéraient l'entendre.

Il se trouva que Relvinn passait au moment où elle sortait pour ramasser la nourriture qu'on déposait chaque jour devant chez elle en guise d'offrande. C'était une vieille femme aux cheveux qui lui tombaient jusqu'aux genoux tant elle était voûtée, et ridée sur tout le visage, avec de lourdes paupières. Un chou qu'elle avait coincé sous son bras tomba comme elle voulait se saisir d'autres légumes, et roula aux pieds du garçon. Il le ramassa et le lui tendit. Ouvrant un œil, elle lui prit vivement la main, considérant longuement l'ongle brun, puis « tu devrais venir avec moi, mon enfant, lui dit-elle. Je pourrais avoir des choses à te dire si tu acceptes de les entendre ». Relvinn était accompagné de Dyggvi, qui lui conseilla d'entrer. Autour d'eux, ceux qui attendaient d'être reçus, parfois depuis plusieurs jours, ne purent dissimuler leur mécontentement. Mais aucun n'osa proférer la moindre plainte à l'encontre de l'Oracle.

À l'intérieur de la maison, il faisait très sombre, car la vieille n'ouvrait jamais sa fenêtre. Il y sentait mauvais. Relvinn s'assit sur un banc tandis que l'Oracle prenait place auprès de son âtre. Ses mouvements étaient précis et rapides. Un instant, Relvinn crut qu'elle passait ses mains dans les flammes, comme pour les sécher. Puis elle se tourna vers lui, lui faisant signe d'approcher. Enveloppant un oisillon mort d'une feuille de chou, la vieille femme perça le tout d'une longue aiguille, qu'elle plongea dans le feu. Le garçon l'observa tandis qu'elle examinait la couleur des braises, et la manière dont coulait la graisse. Elle semblait compter les gouttes. Enfin, elle lui prit la main, se signa, fit courir son index sans ongle sur sa paume. « Tu es rusé, dit-elle. Tu as la mémoire du bien comme du mal, et tu rends à chacun selon ce qu'il t'a donné. – C'est vrai, dit Relvinn. – Tu es patient. Tu récompenses ou punis à ton heure, quand bon te semble, dit la vieille. – C'est mon droit. – En ce moment tu gardes de la rancœur, et tu attends l'occasion de te venger. – Cela ne regarde que moi » dit-il. L'Oracle lui lâcha la main. Elle le fixa un moment, avant de montrer son ongle brun en soulevant ses paupières : « Il a la couleur de l'ambre ; de l'ambre, tu en auras à foison, mais c'est de l'or que je vois dans tes mains. De l'or dont tu n'auras pas l'usage. – Cela ne m'intéresse pas, dit Relvinn. Donne-moi plutôt un avis utile. – Soit, dit la vieille. Écoute : la Porte de Bronze est fermée. Maintenant, reprends ton chemin. » Relvinn sortit et retrouva Dyggvi qui l'attendait, mais il ne lui dit rien de ce à quoi il avait assisté.

CHAPITRE XXXI

Le lendemain, Sven Bouche-Tordue alla trouver un lapidaire qui taillait l'ambre. Il lui confia les pierres achetées à Boran, pour qu'il les sertît ensuite sur des bijoux destinés à l'empereur. Pendant tout le temps des travaux, le Varègue ordonna à deux de ses hommes de se relayer pour surveiller l'artisan, afin qu'il n'arrivât rien aux pierres. L'homme s'appelait Ivan, et comme Sven lui avait promis un bon prix, il ne travailla plus que pour lui pendant trois semaines. Parfois Relvinn allait le voir tailler et façonner l'ambre. Ivan prenait plaisir à cette compagnie, il lui expliquait parfois comment il procédait, et « cet ambre est d'une qualité exceptionnelle, lui dit-il un jour. – Je sais, dit Relvinn. C'est mon père qui le fournit aux Suédois. – Je me demande où il en trouve autant de cette valeur, dit Ivan. – C'est son secret » dit Relvinn. Il ne lui dit pas que lui aussi savait où se trouvait la falaise où la mer amassait ce trésor. Le lapidaire dut même demander aux Varègues d'où il venait, tant il parlait peu de ce qui le concernait.

Un jour, alors que Relvinn était retourné voir Ivan, Sven vint à l'atelier. Il alla trouver l'artisan et lui dit qu'une fois encore il était satisfait de son labeur. « Tu l'as toujours été, dit Ivan. – C'est vrai, dit Sven, car personne n'égale ton travail. – Tu paies bien, dit le Russe ; tu en as pour ton argent. – C'est aussi vrai, dit Sven. Mais maintenant je voudrais te proposer plus d'argent encore. Accepte de nous accompagner jusqu'à Constantinople, et je te présenterai à l'empereur Alexis. Ton frère et tes fils pourront s'occuper de ton échoppe, et toi, tu deviendras le meilleur lapidaire de cette partie du monde. – Si je peux travailler avec les joailliers de l'empereur, je n'en doute pas, dit Ivan. Pourquoi me fais-tu cette offre ? – Pendant le voyage, tu apprendras ton art à ce garçon, dit Sven en montrant Relvinn. Je te paierai aussi pour cela. À notre arrivée, tu le prendras comme apprenti le temps que cela sera possible. – C'est un garçon qui sait apprendre, dit Ivan. Donne-moi ta main. » Le marché fut conclu. Neuf jours après, le lapidaire embarquait avec les Varègues pour Byzance.

CHAPITRE XXXII

Pendant bien des jours, les navires des Suédois descendirent le fleuve Dniepr. Son cours était rapide et son lit assez large pour que trois bateaux pussent y naviguer de front en conservant toute leur marge de manœuvre. Parfois, les hommes d'équipage tendaient des filets entre leurs embarcations, et la pêche était abondante. C'était en général un poisson blanc qu'ils ne connaissaient pas dans les rivières de leurs pays. Mais la prise qui les étonnait le plus était l'esturgeon, un poisson étrange au bec de canard, dont les œufs étaient noirs comme le jais, avec un goût délicieux. Pendant tout ce trajet, les Varègues s'abstinrent d'aller piller les villages des pêcheurs qu'ils dépassaient à mesure qu'ils descendaient vers le sud. Sven savait que c'eût été une erreur grossière s'il avait par la suite à revenir à Kiev, ce qui serait le cas.

En outre, la présence du lapidaire Ivan à son bord l'en dissuadait tout à fait. C'était un homme simple, merveilleusement habile de ses mains, qui tenait à initier Relvinn à son art, chaque soir, lors du campement. Le jeune homme l'écoutait attentivement tandis qu'il lui enseignait le nom de ses outils et la manière de s'en servir. Eirik venait parfois s'asseoir à leurs côtés, s'essayant lui aussi à la taille des pierres, mais il s'y montrait sans patience et maladroit. Quand il s'en allait, mécontent et disant qu'un homme libre devait avant tout savoir se battre, Relvinn ne montrait rien de son humeur et gardait ses sourires pour lui. Très vite, il révéla un talent certain à façonner les petites gemmes que son maître lui confiait. Ivan fut même étonné de le voir décider, d'instinct, la forme qui conviendrait le mieux à la pierre. Certains Varègues assistaient aussi à ces leçons, bien que sans y participer. Quand Ivan félicitait Relvinn pour son travail, ils manifestaient leur contentement, comme si le garçon était vraiment l'un des leurs et leur faisait honneur.

Souvent, pendant le voyage sur le fleuve, Ivan lui enseignait aussi le russe. À la fin de leur traversée de la Mer Noire, Relvinn fut ainsi en mesure de traduire quelques-unes des chansons que le lapidaire entonnait parfois quand il avait le mal du pays. L'une d'elles lui plut tant qu'il la chantait fréquemment, dans les années qui suivirent, avec un couplet final qu'il avait composé lui-même :

> 5. *Partout où je regarde*
> *Je ne reconnais rien*
> *Des lieux de mon passé.*
> *Qu'elle est loin, ma maison !*
> *Qu'ils sont loin, mes amis !*
> *Qu'il est loin, mon pays !*
>
> *Où mes pas m'ont conduit,*
> *Je ne connais personne.*
> *Les mœurs sont étrangères.*
> *Je pleure mon aimée !*
> *Je pleure mes parents !*
> *Je pleure mon pays !*
>
> *Chaque jour qui s'écoule*
> *Apporte un souvenir*
> *Qui accroît ma douleur.*
> *Où sont mes plages grises ?*
> *Où est mon ciel brumeux ?*
> *Où est-il, mon pays ?*

CHAPITRE XXXIII

Quand ils arrivèrent dans l'estuaire du Dniepr, les Varègues s'arrêtèrent plusieurs jours pour embarquer une dernière provision de vivres avant la traversée de la Mer Noire. En effet, elle était infestée de pirates qui écumaient les côtes, aussi Sven Bouche-Tordue avait-il décidé de gagner Constantinople sans faire d'escale. Il avait à bord une cargaison d'or et de joyaux dont la vue aurait suffi à ameuter tous les pillards de la région. Une fois qu'ils eurent de quoi effectuer la traversée, ils attendirent le soir pour hisser les voiles et gagner le large le plus rapidement possible, en s'aidant des rames. De même, deux jours après, ils firent un large détour quand l'un des hommes signala un petit groupe de navires à l'horizon. Il ne devait s'agir que de marchands, si loin des côtes, mais Sven ne voulait courir aucun risque.

À bord, le soir, puisqu'ils ne pouvaient pas profiter d'une escale pour s'entraîner au maniement des armes, Eirik et Relvinn se mesuraient à la lutte. Bien souvent le fils de Sven avait le dessus, car il avait déjà la force d'un homme et le courage d'un chef. Plus petit, Relvinn était plus agile, sachant attendre que se présente un moment pour porter son attaque. Mais quand Eirik parvenait à l'attraper, il lui était impossible d'échapper à la rossée. Leurs joutes étaient rudes ; seul le regard sévère de Sven pouvait tempérer l'ardeur des coups de son fils. Relvinn ne bronchait jamais malgré la brutalité de son adversaire. Il s'en vengeait à sa manière, quand il pouvait le déséquilibrer après une feinte habile : « Ce n'était pourtant pas une ruse intelligente, disait-il. Chez moi, même les enfants savent la déjouer. » Les hommes qui l'entendaient riaient de sa moquerie, et Eirik prenait sa revanche en le frappant de plus belle.

Une fois que la raillerie de Relvinn avait été plus mordante qu'à l'ordinaire, il ne reprit pas la lutte mais lui cracha au visage. Puis il se tint prêt à supporter l'assaut inévitable de son adversaire. Pourtant Relvinn ne se lança pas tout de suite sur lui, lui crachant en retour dans les yeux. Comme Eirik s'essuyait d'un revers de manche, il profita de ce qu'il ne pouvait le voir pendant ce court instant pour lui asséner à la tête un coup violent de ses mains jointes. Eirik tomba à la renverse, se saisit d'un couteau et revint à la charge. Pris au dépourvu, Relvinn esquiva les coups de son adversaire de son mieux, tandis que l'équipage se rassemblait autour d'eux. Sven avait vu ce qui s'était passé ; il prit un filet et le lança à Relvinn quand il se trouva près de lui. Malheureusement, Eirik était trop grand pour être recouvert par les mailles. Pire encore, il agrippait les cordes avant d'être atteint, et plus d'une fois Relvinn faillit perdre le filet. Alors, au moment où Eirik allait porter un coup terrible, il le déploya sur le sol sous ses pieds. Le fils de Sven déjoua cette ruse grossière en sautant, mais avant même que ses pieds n'aient retouché le pont du bateau, Relvinn avait sauté à son tour, le frappant de tout son poids avec l'épaule et le poussant à la renverse : Eirik passa par-dessus bord. Aussitôt les Suédois se portèrent à son secours, lui lançant des filins. Quand on le remonta à bord, il alla trouver son père et « tu m'as trahi en donnant ce filet à Relvinn, lui dit-il. – Je n'ai fait que lui donner une arme, quand tu l'attaquais de façon déloyale, dit Sven. – Alors tu préfères cet étranger à ton propre fils. – Non, dit le Varègue. Je donne à mon fils des leçons qu'il doit méditer s'il veut survivre dans la bataille. Relvinn est bien moins fort que toi, et pourtant il est plus dangereux. – Mais il ne sera jamais un chef » dit Eirik en s'éloignant.

CHAPITRE XXXIV

Le lendemain, le vent se leva de l'est et la mer grossit. Une tempête fondit brusquement sur les navires des Varègues, qui affalèrent les voiles et se cramponnèrent à leurs rames. Bientôt la pluie tomba à torrents, portée par des bourrasques incessantes, tandis que le ciel se couvrait de nuages noirs d'où jaillirent des éclairs aveuglants. En peu de temps la flottille fut dispersée. Arc-boutés sur leurs rames, les hommes trempés faisaient leur possible pour éviter à leur bateau d'être retourné par les vagues. Puis le cheval de Sven hennit de panique et rompit sa longe : un Suédois quitta son banc pour aller calmer la bête, mais au cours de sa manœuvre, un sabot lui écrasa le pied. Deux autres se portèrent à son secours, le ramenant et l'attachant à son banc. Plus tard encore, ce fut l'un des plus anciens compagnons de Sven qui fut emporté par une déferlante. Relvinn eut le temps de l'entendre crier, quelque part au milieu des flots, mais la voix fut étouffée par les grondements du tonnerre.

Enfin le vent retomba et les nuages se dispersèrent. La tempête passa aussi rapidement qu'elle était venue. On pansa le pied du marin blessé, qui ne devait plus jamais marcher sans une béquille, et Sven Bouche-Tordue lui offrit à l'arrivée à Constantinople une large compensation puisée dans sa cassette personnelle. Pendant ce temps le pilote faisait le point : le bateau avait été rabattu loin à l'ouest, presque en vue des côtes. Déjà l'un des autres navires de la petite flotte était en vue, puis un troisième. À bord de chacun d'entre eux, il y avait eu des hommes emportés par-dessus bord, et c'était à chaque fois une perte cruelle. Enfin, d'autres voiles apparurent, venant du rivage : « Ce sont des pirates, dit Dyggvi. Ils sortent pour s'attaquer aux bateaux que la tempête leur a apportés. – Que chacun prenne ses armes, dit Sven. Il n'est pas question que nous comptions de nouvelles morts dans nos rangs ; nous en avons déjà suffisamment à venger. »

CHAPITRE XXXV

En peu de temps, sur chaque navire, les équipages étaient prêts à faire face aux pirates. À bord d'une quinzaine de barques aux voiles brunes, les assaillants poussaient déjà des cris sauvages en brandissant leurs armes. Certains, sans doute les chefs, avaient le visage peint d'argile jaune. D'autres, à l'avant des embarcations, ne disaient rien, mais leurs yeux roulaient dans leurs orbites et de l'écume coulait au coin de leurs lèvres. C'étaient des guerriers fauves, qui inspirèrent une peur sacrée aux Varègues dès qu'ils les aperçurent. Pourtant, encouragés par leur chef, les hommes du nord serrèrent les rangs, le visage fermé, prêts à soutenir l'assaut. Bientôt, les barques des pirates furent à portée de flèches, chaque camp en tirant une volée : plusieurs des assaillants tombèrent, tandis que les Varègues s'abritaient derrière leurs grands boucliers sans subir de pertes. Puis la houle rapprocha d'un coup les navires et l'on se prépara à l'abordage.

En hurlant, les pirates se jetèrent sur les Suédois, tentant de prendre pied sur leurs bateaux. Beaucoup furent aussitôt repoussés, tombant pour la plupart à la mer. Certains furent pris entre les coques mouvantes et écrasés dans le balancement des vagues. Les autres, qui avaient pris pied sur les embarcations des Varègues, se jetaient sur le mur des boucliers de leurs ennemis, tentant de l'ouvrir à coups de sabres et de haches. Sur un navire, les Suédois tinrent bon, ayant rejeté à la mer la plus grande partie des assaillants, et une fois la première attaque supportée, ils firent front sans tenter de blesser les pirates, mais avançant vers eux, boucliers joints, en les faisant reculer. Acculés à la proue du bateau, trop nombreux dans cet espace qui se rétrécissait derrière eux, les adversaires furent pris de panique. Nombreux furent ceux qui basculèrent par-dessus bord, tombant à l'eau. D'autres purent sauter hors du navire, dans leur barque. Le mur des boucliers s'ouvrit alors, laissant apparaître des archers qui fauchèrent les ennemis dans leur embarcation. Puis les Varègues firent manœuvrer leur bateau pour se porter à la rescousse de leurs frères d'armes.

Sur les autres navires, la situation était moins favorable. Dans certains cas, les Suédois étaient entourés de toutes parts, parfois même une brèche était ouverte dans leurs rangs. Les hommes de Sven se battaient avec acharnement, leur entraînement et leur discipline leur permettant d'infliger des pertes importantes à l'ennemi, mais les pirates, même s'ils avaient rarement eu affaire à des combattants aussi expérimentés, étaient trois fois plus nombreux que les Varègues. Il fallut du temps pour repousser l'assaillant à la mer, sans faire de quartier. Chacun savait qu'il s'agissait d'un combat à mort, sans retraite possible. Finalement, ce fut l'équipement des Suédois qui leur sauva la vie : leurs boucliers étaient bardés de fer alors que les pirates n'en étaient que rarement équipés, ils portaient des haubers résistants, et l'acier de leurs épées brisait souvent les lames de leurs ennemis. Même les guerriers fauves furent abattus, l'un après l'autre. Comme les armes ne pouvaient mordre leurs chairs, les Varègues s'arrangeaient pour les faire passer par-dessus bord. Parfois, l'un des guerriers s'agrippait à un homme du nord et l'entraînait dans sa chute : tous deux disparaissaient alors dans les flots, continuant à se battre dans les profondeurs de la mer.

Sur le navire principal, les Varègues s'étaient rassemblés en deux groupes. Celui où se trouvait Relvinn était aux prises avec une petite bande de pirates et un guerrier fauve. Plusieurs fois, un Suédois avait porté à ce dernier un violent coup de hache ou d'épée, sans lui infliger autre chose qu'une éraflure, et le guerrier l'avait jeté à terre d'un revers de bras. Puis il arriva que la mêlée devînt générale, et Eirik se retrouva à la proue du navire, aux prises avec le guerrier fauve. Il se jeta sur lui avec force, mais l'autre lui saisit un bras et lui arracha son épée. Comme il allait lui passer les mains autour du cou pour l'étrangler, Relvinn se porta au secours du fils de Sven : les armes n'étant d'aucune utilité contre cet ennemi, il s'empara d'un filin qu'il fit passer autour de la tête du guerrier fauve. Celui-ci lâcha Eirik et se tourna vers lui. Relvinn tira sur le cordage, resserrant son étreinte sur la gorge de l'ennemi. Avant que le guerrier n'eût pu rompre ce lien, « Pousse-le » cria le garçon à Eirik, ce que fit ce dernier, faisant basculer leur adversaire par-dessus bord, alors que de l'autre côté de la proue Relvinn sautait lui-même à la mer, retenu par la corde. Il se retrouva dans l'eau jusqu'à la taille, tandis qu'en face de lui le guerrier fauve le fixait de ses yeux révulsés. Le cordage, violemment serré quand Relvinn avait sauté, lui avait brisé les vertèbres. Eirik aida son compagnon à remonter à bord et « pourquoi m'as-tu disputé cet adversaire ? lui dit-il. Tu sais bien que nous sommes rivaux. – Je ne l'ai pas fait pour toi, mais pour mériter l'amitié de ton père » dit Relvinn. À la poupe du navire, les Varègues se retrouvaient acculés, en mauvaise position, quand tout à coup Sven Bouche-Tordue prit une hache légère à sa ceinture et la fit voler en direction du chef des pirates, lui ouvrant le crâne en deux. Alors les Suédois abaissèrent le mur de leurs boucliers, se jetant sur leurs adversaires en poussant des cris terrifiants. Bientôt l'ennemi fut taillé en pièces et partout rejeté à la mer.

Le soir tombait quand les Varègues rassemblèrent leurs navires. Ils avaient subi de nouvelles pertes, bien que pas autant qu'ils l'auraient pu craindre face à tant d'assaillants. Dyggvi et Ivan avaient été sérieusement blessés, mais on prit soin d'eux et ils recouvrèrent leurs forces avant la fin du voyage. Un Suédois demanda à Sven s'ils devaient faire voile vers la côte, afin de piller le village des pirates. « Nous ne le ferons pas cette fois, dit Sven. Notre pilote sait où nous nous trouvons ; nous reviendrons plus tard et plus nombreux pour leur rappeler le prix-du-sang qu'ils nous doivent, nous ferons justice et leur inspirerons pour longtemps la peur des hommes du nord ». Alors la flotte hissa les voiles et les hommes reprirent leur route vers le sud. Il n'y a plus rien à dire de leur voyage jusqu'au moment où ils atteignirent Constantinople.

CHAPITRE XXXVI

Un soir, alors qu'ils longeaient la côte, les navires des Varègues arrivèrent en vue de la cité impériale. Sa haute muraille s'élevait au-dessus de la mer à mesure qu'ils approchaient du port. Sven Bouche-Tordue appela Relvinn auprès de lui et « ce que tu vois, ce sont les murs de Constantinople » lui dit-il. Le garçon comprit alors que même Kiev ne pouvait rivaliser avec la capitale de l'empire. « Est-ce là la plus grande ville du monde ? dit-il. – Du monde des Chrétiens, oui, dit Sven. Mais les voyageurs disent qu'il en existe de plus grandes encore, comme la Cordoue des Arabes et surtout la grande cité de Bagdad. La légende dit aussi que bien au-delà du pays du Khan des steppes, il existe dans l'empire de Chine une ville à la muraille carrée et aux maisons disposées comme les cases d'un échiquier. C'est Changan, où les habitants sont aussi nombreux que les fourmis dans leur fourmilière, et cinq fois plus qu'à Constantinople. Mais ce que tu vois est assurément une très grande cité, et je ne pense pas que nous en verrons un jour une plus grande de nos yeux. – Et l'empereur Alexis est-il puissant ? dit Relvinn. – C'est un puissant souverain, dit le Varègue. Depuis qu'il s'est emparé du trône, voici dix ans, il a constitué une armée forte et bien équipée avec laquelle il compte redonner à son empire ses frontières de jadis, du Levant au Ponant. C'est un grand souverain, mais fais attention à ne pas le décevoir quand tu le rencontreras. Et si tu rejoins sa garde un jour, ne t'avise jamais de le trahir car il a la mémoire de ce qui est fait pour lui, mais aussi contre lui, et ses largesses sont aussi grandes que ses châtiments. – Il me plairait de le servir, en effet, dit Relvinn. – Alors je te présenterai à lui » dit Sven, et la conversation en resta là.

Entre temps, la flottille était arrivée en vue d'un estuaire appelé Corne d'Or, barré par une chaîne interminable. Bientôt on reconnut les navires des Varègues et la chaîne fut abaissée de manière à leur laisser le passage. Tandis que les bateaux gagnaient l'abri du port, Relvinn regardait les palais et les bâtiments innombrables qui s'élevaient au-dessus des remparts. Il lui semblait que tout l'empire de Byzance n'était qu'une ville immense. Puis les Suédois accostèrent près de l'endroit où la muraille obliquait pour couper la langue de terre sur laquelle la capitale était construite. Plus tard, Sven y conduisit le garçon pour la lui montrer : c'était une antique ligne de défense, précédée d'une douve et constituée de deux murs parallèles aussi hauts que des chênes, avec des tours innombrables. « Cette muraille n'est jamais tombée, dit alors Sven, et elle est trop forte pour être prise un jour. »

Une fois à quai, les Varègues entreprirent de décharger leurs marchandises. Ils firent le commerce qu'ils avaient à faire, puis prirent le chemin du palais impérial, situé à la pointe nord de la ville. On les installa dans leurs quartiers tandis que Sven Bouche-Tordue allait se présenter à Nicéphore, le chef de la garde. Pendant ce temps, le lapidaire Ivan était conduit à l'atelier où les joailliers de la cour réalisaient les commandes de l'empereur. Son art était tel qu'il y fut immédiatement accepté. Quand il en avait la possibilité, Relvinn allait travailler avec lui. Il préparait un bijou en prévision du jour où il serait présenté au souverain. Il apprit aussi à parler la langue étrange de l'empire, que Dyggvi lui enseignait avec patience. En cela comme en tout le reste, Relvinn apprenait vite. Bientôt il parla mieux ce langage que la plupart des Varègues, y compris Sven. Le reste du temps, il s'entraînait au maniement des armes en compagnie des Suédois et parcourait les rues de Constantinople avec Eirik. Il rencontra des marchands venus de tous les pays, et surtout de Venise, et des voyageurs dont les garçons passaient des journées à écouter les récits.

CHAPITRE XXXVII

Quant il estima que le temps était venu, trois saisons après leur arrivée à Constantinople, Sven Bouche-Tordue alla présenter Relvinn et son fils à l'empereur Alexis. Le monarque accueillit le Varègue avec bienveillance. Il appréciait en effet son courage et sa loyauté, mais aussi les pierres d'ambre qu'il lui apportait au retour de ses voyages dans son lointain pays. « Voici, dit Sven, le jeune Relvinn. Il vient d'Eklendys, une terre au sud de mon pays, de l'autre côté d'une petite mer. Il a reçu à Kiev le baptême des Chrétiens, il est vaillant et rusé, habile de ses mains comme de son épée, et il souhaite entrer dans ta garde. – Qu'il approche et me rende hommage » dit l'empereur. Relvinn s'avança en montrant le plus grand respect et lui offrit un bracelet d'argent incrusté d'ambre rouge en signe d'allégeance. C'était un travail magnifique, dont il avait lui-même taillé les pierres et qui plut au souverain. L'empereur Alexis s'aperçut que le jeune homme avait un ongle d'une étrange couleur, mais il ne dit rien. Puis Relvinn déclama ces deux strophes :

6. *Grand est le père des soldats*
   Et son pays plus grand encore.
   Puissant, il brise les anneaux
   Comme il abat ses ennemis.

   Moi qui viens des brumes du Nord,
   Dans ma nuit j'ai entendu louer
   Ce roi qui règne sur le Sud
   Et je veux servir sa lumière.

« Tu es aussi habile de ta langue que de tes mains, dit l'empereur, et pour ta vaillance je m'en remets à la parole de Sven. Je t'accepte donc dans les rangs de ma garde. » Relvinn s'inclina et reprit place auprès du Varègue. Alors Sven dit : « Voici mon fils Eirik. Lui aussi désire entrer dans ta garde. » Le jeune homme s'avança donc à son tour et offrit à l'empereur une dague à lame d'or, qui avait été fabriquée par Ivan ; mais il n'ajouta rien à son présent. Le monarque le toisa un moment et « puisqu'il aura bientôt la vigueur de son père, il devrait en avoir aussi la force et le courage, dit-il. Qu'Eirik le fils de Sven entre lui aussi dans ma garde, et serve sous les ordres de son père. » Les garçons prêtèrent serment à l'empereur, puis celui-ci les congédia et demeura avec ses conseillers pour deviser des guerres qu'il lui fallait mener pour assurer la survivance de son empire.

CHAPITRE XXXVIII

Quand ils furent revenus dans leurs quartiers, Eirik attendit d'être seul avec Relvinn pour lui dire toute sa rancœur. Son père l'avait présenté au souverain avant même son fils, et Eirik n'avait pas eu de strophe à déclamer pour plaire à l'empereur : il en voulait à son compagnon de ces humiliations. Relvinn lui dit que certainement Sven savait ce qu'il faisait et qu'il devait avoir ses raisons. « Il a tenu à mettre l'empereur dans de bonnes dispositions avant de te présenter à lui, dit-il. – Ce que tu dis fait peu de cas de mon honneur, dit Eirik. – C'est aussi ce que je crois, dit Relvinn, et ce d'autant plus qu'il s'agit assurément de la vérité. » Eirik se jeta sur lui et le roua de coups. Une fois de plus il eut le dessus, Relvinn n'ayant eu d'autre choix que de se battre. Pendant plusieurs jours ils s'évitèrent tant qu'ils le purent, et s'abstinrent de s'adresser la parole quand ils se trouvaient en présence l'un de l'autre. Enfin l'ordre vint à Eirik de servir sous les ordres directs de son père, tandis que Relvinn était intégré à la troupe des Varègues de la garde. Ayant retrouvé un rang supérieur, Eirik consentit alors à pardonner à Relvinn l'humiliation qu'il lui avait infligée.

Il en alla ainsi pendant quatre années : Relvinn obéissait aux ordres de Sven Bouche-Tordue et de son fils, sans jamais se plaindre des vexations que lui faisait souvent subir Eirik à l'insu de son père. Ensemble, ils participèrent avec la garde de l'empereur à plusieurs batailles contre les Turcs qui gagnaient du terrain à l'est et contre les Normands qui s'étaient implantés à l'ouest, et revinrent toujours victorieux. Relvinn devint un combattant aguerri, mais aussi un lapidaire accompli, faisant la fierté tant de Sven que d'Ivan.

Parfois aussi il composait des strophes au retour des campagnes menées sur les frontières, ou pour divertir ses compagnons. Et souvent, pendant ces années, il pensait à son pays et aux siens, à la crique sous la falaise où l'ambre était rejeté par les courants, et à son bannissement qui allait bientôt prendre fin.

CHAPITRE XXXIX

À présent la saga revient en Eklendys, peu après le départ de Relvinn. Son père Boran était désormais seul pour assurer le commerce de l'ambre, puisque son second fils, Markan, n'avait pas encore l'âge de l'aider. Pendant plusieurs mois il fit de son mieux pour aller s'approvisionner en secret, mais ces jours d'absence commençaient à éveiller les soupçons puisque alors on ne le voyait plus venir au marché. En attendant que Markan eût l'âge de succéder à son frère banni, Boran chercha donc un moyen de sauver les apparences. Il se trouvait aussi que Tobor, le fils de Folgun le joaillier, était devenu un solide gaillard, querelleur et redoutable. Souvent on l'entendait parler de se venger de Boran qui avait fait proscrire son père et l'avait condamné à la ruine. Tobor vivait depuis ce jour chez un oncle pêcheur, qui l'avait hébergé ainsi que sa mère et sa sœur Ilyanaï. Leur vie était dure et miséreuse ; mettre la main sur la fortune de Boran était donc une pensée qui obsédait le jeune homme. Boran comprit vite que tôt ou tard Tobor serait un ennemi acharné s'il ne faisait rien pour le rendre inoffensif.

Un jour Boran vint à la maison de Tobor et demanda à lui parler. Tobor était en train de réparer ses filets mais il le rencontra aussitôt, se demandant ce que l'autre lui voulait. Boran lui dit qu'en ce moment la mer était mauvaise et que « la pêche doit en pâtir. – Moi, je pâtis de la pêche que la mer soit bonne ou non, répondit Tobor d'un ton de reproche. – Et moi je pâtis tous les jours de l'absence de mon fils, dit Boran. Mais j'ai aussi une fille, en âge d'être mariée. J'ai besoin d'un nouveau fils, et tu es travailleur et courageux. – Que m'apporterait d'être ton fils ? demanda Tobor sans rien montrer de son étonnement. – Je partagerais avec toi les fruits de mon commerce, et ta mère et ta sœur seraient hébergées sous mon toit. » Tobor lui dit qu'il voulait y réfléchir et qu'il lui rendrait sa réponse le lendemain.

Le soir, il en parla avec sa mère. Cette proposition était une chance pour sa famille, car le mariage les sauverait de la misère, tant on disait que Boran était devenu riche. Tous lui conseillèrent d'accepter la proposition. Tobor dit que ce serait pourtant une nouvelle humiliation que de s'unir à la famille de celui qui avait chassé leur père. « Courbe le front encore un moment, dit sa mère, et plus tard tu pourras lui réclamer ton dû. Un jour, Boran sera obligé de te dire où il trouve son ambre, et alors tu n'auras plus besoin de lui épargner ta vengeance. » Le lendemain, Tobor alla donc trouver Boran sur le marché et lui dit que l'affaire était conclue. Il épousa Fenys, la sœur de Relvinn, à la veille du Sacrifice de printemps et vint s'installer avec les siens chez Boran.

CHAPITRE XL

Au début, Boran se trouva content de ce mariage. En donnant sa fille à Tobor, il était débarrassé d'une menace grandissante, et mieux encore, il avait maintenant autorité sur celui qui était devenu son gendre. Enfin, il avait quelqu'un pour l'aider dans son commerce et le remplacer quand il devait s'absenter pour trouver de l'ambre. Les premières fois, Tobor ne posa pas de question quand Boran lui annonçait qu'il devait partir un moment, mais il savait bien pourquoi s'en allait le père de sa femme, et il savait aussi que Boran savait qu'il savait. Les choses en restèrent là plus d'un an. Enfin, Tobor se décida à parler avec lui de ces voyages. « Quand me diras-tu où tu vas chercher l'ambre ? lui dit-il. – Pas tant que j'aurai assez de force pour y aller seul, répondit Boran comme s'il s'attendait à cette question. – Mais un jour tu seras trop vieux pour cela. – C'est vrai. Mais alors Markan aura grandi, et c'est lui qui ira à ma place. » Tobor cacha sa colère et le laissa. Ce jour-là, il tailla bien des arbres en rondins avant de retrouver son calme.

CHAPITRE XLI

Rentré dans le bâtiment de la ferme qu'il occupait avec sa femme, Tobor la roua de coups. Il la battait souvent, surtout quand il désespérait de percer le secret de Boran. Plusieurs fois elle avait voulu s'en plaindre au Maître du Clan, mais Tobor parvenait toujours à l'en dissuader, affirmant que ce serait une honte pour son père Tobor. Fenys gardait alors le silence, mais le chassait de son lit pour une semaine au moins. Voilà pourquoi ils n'avaient pas d'enfant. Ce soir-là, Tobor dut dormir dans la grande salle, une fois de plus, mais le sommeil le fuit longtemps. L'idée qu'il ne connaîtrait jamais l'endroit où Boran trouvait l'ambre lui était insupportable. Longtemps il réfléchit, se demandant comment il pourrait le découvrir. Boran savait qu'il l'épiait chaque fois qu'il prenait la mer pour aller à la falaise, et il prenait toujours soin de contourner l'îlot près duquel il avait jadis pris Folgun au piège, pour s'assurer qu'il n'était pas suivi.

Un jour que son beau-père était justement parti chercher de l'ambre, Tobor alla trouver Markan et lui dit qu'il avait découvert un arbre où s'était réfugié un essaim d'abeilles. « Si tu veux le meilleur miel de la région, c'est là que tu le trouveras, dit-il, encore que je me demande si je devrais te dire où il se trouve. » Markan insista pour le savoir, car il était friand de plats sucrés, et Tobor finit par le lui indiquer, comme à contrecœur. Aussitôt que Markan fut parti en direction de l'essaim, Tobor le suivit à quelque distance, sans être vu de quiconque. Dans un sac, il avait emporté un couteau et un gourdin. Enfin Markan arriva dans la forêt à l'arbre que lui avait indiqué Tobor et il entreprit de l'escalader. Il trouva bien l'essaim, mais celui-ci n'avait produit aucun miel. Il se dit alors que l'autre lui avait joué un mauvais tour et il redescendit de l'arbre. Au pied, Tobor l'attendait avec son sac.

« Je n'ai pas trouvé de miel, lui dit le garçon. – Parfois, on ne trouve pas toujours ce que l'on cherche, dit Boran. Mais je pourrais t'aider à en trouver ailleurs si tu m'aides. – Qu'attends-tu de moi ? demanda Markan. – Que tu me permettes de trouver ce que moi aussi je recherche. Ton père et ton frère t'ont-ils jamais dit où se trouvait l'ambre qui fait la fortune de ta famille ? – Jamais, dit Markan, mais me l'auraient-ils dit que je ne te le répéterais pour rien au monde, car tu es le fils de ce Folgun qui conspira contre nous et tua mon oncle Kolman. » Tobor ouvrit alors son sac, disant qu'à défaut de miel il avait autre chose à lui donner, et lui asséna un coup de gourdin sur le côté de la tête. L'os craqua et Markan tomba mort. Tobor sortit ensuite du sac le couteau avec lequel il marqua le corps du garçon d'entailles parallèles, à la façon de griffures qu'un ours aurait infligées. Il n'avait pas oublié la façon dont son père avait été confondu après le meurtre du frère de Boran. Puis il rentra chez lui.

CHAPITRE XLII

Le soir, les esclaves partirent à la recherche de Markan. On ne retrouva son corps que tard dans la nuit, à la lumière des torches. Quand on le ramena à la ferme, on découvrit ses blessures et Tobor dit qu'il s'agissait sans aucun doute de marques causées par un ours. « Il y a un essaim d'abeilles là où Markan a été retrouvé, dit-il. Il aura certainement été tué par un ours attiré par l'odeur du miel. » Cette proposition était tout à fait crédible, personne ne pensant à aller vérifier si l'essaim avait produit du miel ou non. Pendant que l'on faisait la toilette du mort avant ses funérailles, Tobor prit une mine triste et affligée pour ne pas paraître suspect aux yeux de tous les autres. Même sa sœur Ilyanaï pleurait. Mais sa mère l'observait comme si elle avait deviné ce qu'il en était vraiment, et elle aussi dénoua ses cheveux et se lamenta comme il convient à son sexe.

Le lendemain, Boran rentra avec un chargement d'ambre. Quand on lui apprit la mort de Markan, il s'assit dans son siège et ne prononça pas une parole ni ne mangea rien de trois jours. Par la suite, il ne rit plus jamais et l'on redouta son humeur ombrageuse. Mais malgré tous les efforts que faisait Tobor pour lui paraître aimable et remplacer son fils mort, il n'accepta jamais de lui dire où se trouvait l'ambre. Alors Tobor battait sa femme et allait dormir dans la grande salle. Un an passa de la sorte. Puis la vue de Boran devint moins bonne et il eut plus de mal à trier les pierres qu'il mettait en vente au marché. Tobor se risqua donc à lui proposer son aide pour aller chercher l'ambre. Boran refusa une fois de plus en disant qu'il n'avait pas besoin d'aide, et « de toute façon les cinq ans de bannissement de Relvinn arrivent à terme. Lui saura m'aider si je le demande. »

Il arriva ensuite un hiver particulièrement rigoureux qui emporta la mère de Tobor, mais il n'y eut personne pour la pleurer à l'exception de ses enfants. Puis ce fut au tour de la femme de Boran de mourir. Celui-ci voyait de moins en moins bien, et cette mort l'affligea plus qu'on aurait pu s'y attendre. Il invita sa fille et son gendre à venir vivre avec lui dans le bâtiment principal de la ferme, mais s'il était réconforté par leur présence, ou du moins par celle de Fenys, il n'en montrait rien. Boran était devenu irritable et susceptible, si bien que Tobor ne lui adressait plus la parole. Seule sa fille pouvait l'entretenir sans risque de rebuffades de sujets qui provoquaient sa colère. De même, à mesure que ses yeux se voilaient de plus en plus, il ne partait plus que rarement chercher de l'ambre, et ses affaires n'allaient plus aussi bien. Enfin, un matin, il tomba d'une échelle et se brisa une jambe. Devenu infirme, il ne voulut plus sortir de chez lui. On dit même qu'il n'avait plus toute sa raison.

Voyant que sa femme s'inquiétait du devenir du commerce de son père, Tobor fit mine de vouloir l'aider. « Il y a fort à craindre que nous ne soyons bientôt plongés dans la misère, dit-il, puisque ton père ne peut plus aller chercher d'ambre. – Nous pourrions chercher d'autres gisements, dit Fenys. – Peut-être, dit Tobor, mais nous aurons des clients avant la nouvelle lune et il ne reste presque plus rien à leur vendre. S'ils n'ont pas ce qu'ils recherchent, ils le trouveront auprès d'autres marchands et ne reviendront pas. – Nous pourrions attendre le retour de Relvinn, car son bannissement est arrivé à son terme. – J'en doute. Car même s'il arrivait avant l'été, nous n'aurions plus de quoi faire vivre cette maison. – C'est ce que je craignais » dit-elle. Fenys alla parler à son père. Ils restèrent enfermés un long moment, mais quand elle revint vers son mari, elle lui dit que Boran voulait le voir. Tobor se rendit alors au chevet de l'infirme avec un sourire triomphant. « Ce que je fais, je le fais pour ma fille, lui dit Boran, aucunement pour toi », et il lui apprit où il trouvait l'ambre et comment on devait faire pour se rendre à la falaise. Ce furent ses derniers mots, car plus personne ensuite n'entendit un son sortir de sa bouche.

CHAPITRE XLIII

Le jour même, Tobor prit une barque et fit voile en direction de la falaise. Une fois sur place, il fit glisser son embarcation sur la plage et contempla le haut mur de pierre devant lui. Puis il marcha sur le sable gris, se baissant chaque fois qu'il trouvait un morceau d'ambre pour le ramasser. Au début, il devait se baisser à chaque pas qu'il faisait. Grattant sous le sable, il vit que d'autres pierres encore l'attendaient. Boran n'était plus venu depuis longtemps, sa vue n'était plus aussi bonne, et il n'avait plus la force de ramener autant d'ambre qu'avant. La mer avait donc déposé sur ce rivage un trésor encore plus important qu'il ne l'avait espéré. Même s'il venait y remplir ses sacs trois fois plus souvent que ne le faisait Boran au temps où il était encore valide, sa fortune était faite pour de très longues années. Tobor détenait enfin le secret de la famille de ses ennemis, et ce secret ils étaient désormais trois à le détenir, Boran, Relvinn et lui. Tobor jura que bientôt il serait le seul, ou qu'il ne le partagerait qu'avec ses propres fils si sa femme consentait un jour à lui en donner.

Dans les temps qui suivirent, il reprit à son compte le commerce de l'ambre. Sa situation devint florissante, comme l'avait été celle de Boran auparavant, et son orgueil crût plus qu'il ne convenait à quelqu'un comme lui. Il acheta de nouveaux esclaves et fit venir ses cousins à la ferme de Boran, où ils s'installèrent et dépensèrent sans compter son argent en banquets. Tobor continuait de maltraiter sa femme car il ne pouvait obtenir de jouissance avec elle que par la force. Pareillement, il n'avait aucun égard pour sa propre sœur, Ilyanaï, qui s'était prise d'amitié pour Fenys. Quant à son beau-père, il l'avait relégué dans un petit bâtiment de la ferme, lui envoyant pour tout repas les restes de ses festins. Tobor devint bientôt un homme puissant et redouté, même s'il ne pouvait trouver de quiétude au fond de lui, sachant que plus les mois passeraient, plus se rapprocherait le jour qui verrait le retour de son beau-frère haï.

CHAPITRE XLIV

Maintenant la saga revient à Constantinople. Cette année-là, d'innombrables Chrétiens avaient cousu une croix rouge sur leurs vêtements et s'étaient mis en marche à l'appel de leur pape pour délivrer le tombeau de leur Christ, dans la ville appelée Jérusalem. C'était une armée comme il n'en avait jamais existé auparavant, faite de paysans et de miséreux, avec femmes et enfants, mais sans aucun soldat pour lui venir en aide. Une deuxième armée, constituée d'hommes en armures et menée par de grands guerriers, s'était mise en marche après elle et la suivait avec plusieurs mois de retard. L'armée des paysans traversa maints royaumes jusqu'à son arrivée à Constantinople. L'empereur Alexis en était heureux, car il espérait que ces troupes nouvelles l'aideraient à reprendre les territoires conquis par les Turcs. Pourtant on s'inquiéta quand on découvrit que l'armée des gueux était si nombreuse en arrivant qu'elle couvrait toutes les terres jusqu'à l'horizon. Pensant être arrivés au bout de leur voyage, certains criaient déjà « Jérusalem ! » en voyant les remparts de la cité, et cette clameur faisait trembler les pierres des murailles. L'empereur fit quand même ouvrir les portes de sa ville pour accueillir ces Chrétiens.

L'armée attendrait là le temps de pouvoir traverser le Bosphore, et l'on trouva vite que ce temps était trop long. En effet, ces gens venus de l'ouest vénéraient un pape qui n'était pas celui des Chrétiens de Kiev ou de Constantinople, ce qui causait de nombreuses disputes dans la ville. Ces paysans n'avaient guère d'armes ni de boucliers, ils étaient mal équipés, mais ils étaient nombreux et sans vergogne. Comme ils avaient faim mais n'avaient pas d'argent, ils n'hésitaient pas à piller les commerces de Constantinople et prendre la nourriture par la force partout où elle se trouvait. Aucun de ces gens n'en avait honte, « car ces Chrétiens qui nous accueillent ne sont pas de vrais Chrétiens » disaient-ils. Certains réussirent même à s'introduire dans l'enclos où était gardé le lion apprivoisé de l'empereur et ils le firent rôtir sur une broche avant de le manger. C'étaient des gens frustes et querelleurs, sans chef qui pût les obliger à bien se tenir. Il y avait bien quelques chevaliers dans leurs rangs, mais ceux-ci préféraient se battre entre eux, à la tête de leurs maisons.

Très vite, l'empereur Alexis prit ombrage des forfaits commis par ces hôtes irrespectueux et il rassembla la flotte nécessaire pour les faire passer de l'autre côté du Bosphore. En attendant, il craignait que cette multitude ne commît plus encore de désordre, voire ne prît la ville au nom du pape de Rome, et il envoya ses troupes dans les quartiers où ces Chrétiens étaient cantonnés pour leur inspirer la crainte de son autorité. Chaque jour on lui rapportait une nouvelle exaction, si bien qu'il demanda à ses soldats de punir les coupables dès qu'ils en trouveraient, fussent-ils des chevaliers. C'est ainsi que la garde des Varègues chargea plusieurs fois des troupes de pillards et les dispersa en leur infligeant de lourdes pertes. Enfin, les Chrétiens commencèrent à embarquer et à traverser le Bosphore pour continuer leur chemin vers la terre lointaine de Judée, au grand soulagement des habitants de Constantinople.

CHAPITRE XLV

Il ne restait plus que quelques dizaines de Chrétiens à faire passer de l'autre côté de la mer quand Nicéphore, qui commandait la garde de l'empereur, apprit que certains, avant de partir, s'étaient glissés jusque dans le palais pour dérober une partie du trésor de Byzance et l'emporter avec eux au-delà du Bosphore. Il vint aussitôt en parler à Sven Bouche-Tordue, lui ordonnant d'arrêter les pillards avant qu'ils ne réussissent dans leur entreprise. Les Varègues se ruèrent jusqu'à la cour qui menait au bâtiment où étaient gardés les coffres de l'empire. Les Chrétiens avaient creusé un trou sous l'un des murs de cette cour et s'attaquaient aux portes de l'entrepôt. Déjà, les gardes des coffres gisaient morts à leurs pieds et le portail cédait aux coups du madrier qu'ils avaient apporté pour faire office de bélier. Les Suédois fondirent sur eux en lançant un cri terrible. Dans leurs rangs, Relvinn abattit plus de huit ennemis avant d'atteindre les portes. Les Chrétiens se rassemblèrent pour résister, mais malgré leur nombre ils n'étaient pas assez entraînés ni assez bien équipés pour pouvoir résister longtemps. Les Varègues les taillèrent en pièces sans faire de quartier.

Quand la bataille fut terminée, Relvinn s'approcha des portes de l'entrepôt. Elles étaient solides et bardées de fer, mais le madrier avait fait céder les serrures et brisé les poutres qui les maintenaient fermées à l'intérieur. Sven et son fils Eirik s'avancèrent à ses côtés, s'interrogeant sur son attitude, puis ils comprirent ce à quoi il pensait. « C'est là que se trouve le trésor de l'empereur, dit Relvinn. – Certes, dit Sven, encore que l'on prétende qu'il a maints autres entrepôts où il cache ses richesses. C'est la première fois que je viens en ce lieu, où nous autres ne sommes jamais conviés en temps normal. Ces portes ont bien résisté. – Peut-être, dit Relvinn, mais maintenant elles sont brisées. Il suffirait de les pousser d'une main pour qu'elles s'écartent et nous laissent entrer. » Eirik dit que nul n'avait le droit de pénétrer en ces lieux que les argentiers de l'empereur, ce à quoi Relvinn rétorqua que sans leur propre intervention, de simples Chrétiens armés de haches l'auraient fait sans demander la permission, et « je me demande où Sven aurait droit aux honneurs les plus grands, ici sous les ordre d'Alexis ou bien rentré chez lui avec un trésor qui lui permettrait de s'acheter un royaume ? » Sans répondre, Sven Bouche-Tordue poussa les portes et entra.

Relvinn et Eirik le suivirent, ainsi qu'une poignée de Suédois. Derrière les portes, un large escalier descendait dans une vaste salle dont les voûtes étaient invisibles à la lueur des torches. Trois gardes se trouvaient en bas, veillant sur des coffres recouverts de plaques de fer. Comme l'un d'eux demandait à Sven si les voleurs avaient été repoussés, le Suédois lui asséna un coup d'épée qui le transperça. Les deux autres furent terrassés par Eirik et Relvinn. Sans attendre, les Varègues firent sauter les chaînes et les cadenas qui fermaient les coffres, découvrant de l'or et des bijoux tels qu'ils n'en avaient jamais vu auparavant. Il se trouvait là plus que tous les leurs n'auraient jamais pu amasser sur bien des générations d'hommes. « Il y a là trop de richesses pour que nous puissions tout faire sortir de la ville, dit Sven. Et même si chacun d'entre nous prend autant qu'il lui sera possible de cacher sous ses vêtements, tous garderont le remords de ce trésor qui s'est offert à nous. » Alors Relvinn expliqua qu'au contraire il fallait tout prendre, et profiter de la confusion qui régnait dans Constantinople en raison du départ de l'armée des Chrétiens pour se mêler à eux et partir avec les coffres. « Mais si nous les chargeons sur nos bateaux, comment franchirons-nous la chaîne qui obstrue le port ? demanda Eirik. – Cette chaîne ne nous fera pas obstacle, dit Relvinn. Elle a été baissée pour permettre aux embarcations des Chrétiens de passer. »

Aussitôt Sven remonta dans la cour et expliqua le plan de

Relvinn aux hommes de sa garde. Tandis que plusieurs allaient chercher des chariots à bras pour les amener de l'autre côté du mur, près du trou creusé par les pillards, d'autres descendaient dans la salle souterraine et remontaient les coffres à la surface. Puis ils les chargèrent sur les chariots à l'extérieur et les recouvrirent des cadavres des Chrétiens pour les dissimuler. Quand un soldat envoyé par Nicéphore vint aux nouvelles, Sven lui dit que l'attaque avait été déjouée. Mais il ajouta que des prisonniers lui avaient avoué que d'autres pillards tenteraient de s'en prendre en grand nombre à un autre palais, à l'autre bout de la ville. Il serait plus sage d'y envoyer toutes les troupes qui pourraient se trouver, tandis que la garde varègue continuerait d'assurer la protection des appartements de l'empereur. L'estafette partit rendre compte à son général de cette nouvelle. Alors les Varègues sortirent de la cour et accompagnèrent les chariots en direction de l'endroit où étaient amarrés leurs bateaux.

Sven interdit à ses hommes de passer par leurs appartements pour prendre les objets précieux qu'ils avaient gagnés au cours de leurs campagnes pour l'empereur, disant que le trésor qu'ils emportaient les dédommagerait tous largement de cette petite perte. « Et Ivan, demanda Relvinn, n'allons-nous pas le chercher ? – Nous n'avons pas besoin de lui, dit Eirik, ce n'est pas un guerrier. – Il saura vivre sans nous, dit Sven. Et surtout nous n'avons pas le temps d'aller le trouver. »

CHAPITRE XLVI

Dans leur fuite, les Varègues firent quelques détours pour égarer les soupçons, tout en se pressant le plus possible. En arrivant en vue du port, ils passèrent par une citadelle percée de trois portes : l'une, appelée Porte d'Or, donnait accès à la cité, les deux autres, orientées à l'est et au nord, s'ouvraient dans la muraille extérieure de la ville sur le quartier des marins et sur un champ de manœuvres pour les armées impériales. C'étaient les Portes de Bronze et d'Argent, qui devaient leur nom aux fragments de ces métaux incrustés dans les mosaïques qui ornaient les arches les surplombant. Entrés dans la première enceinte de la citadelle, les Suédois affirmèrent qu'ils se rendaient à un charnier à l'extérieur de la ville pour y jeter les cadavres des pillards. Un officier fit remarquer qu'ils étaient bien nombreux pour escorter un tel chargement. Les troubles causés par les Chrétiens l'avaient rendu inquiet, aussi ordonna-t-il à ses hommes de vérifier le contenu des chariots. Sven tira donc son épée et lança ses guerriers à l'assaut.

Les Varègues vinrent à bout des gardes après un bref combat, mais ils perdirent trois des leurs dans l'affrontement. On chargea leurs corps sur les chariots à la place des cadavres des Chrétiens, que l'on abandonna sur place. Une fois à l'intérieur de la citadelle, ils entendirent sonner les trompettes des hommes de la garnison. En effet, on les avait vus se battre avec les gardes de la première enceinte ; les soldats envoyés là où Sven avait annoncé une attaque des Chrétiens étaient revenus pour dire que c'était assurément un mensonge ; et l'on avait découvert que le trésor du palais impérial avait été pillé. Depuis les murs de la citadelle, les soldats leur décochaient des flèches pour ralentir leur progression. L'une d'elles frappa Sven Bouche-Tordue dans le dos, traversant son haubert et lui transperçant le poumon. Aussitôt Eirik et Relvinn allèrent à son secours. Ils le placèrent sur un chariot et le couvrirent d'un de leurs boucliers.

Privés de leur chef, les Suédois hésitèrent un moment, mais Eirik les incita à poursuivre. Leur chemin devait les conduire jusqu'au port, par la Porte de Bronze, et de là ils pourraient gagner leurs bateaux et s'enfuir. Mais comme ils approchaient du carrefour où la rue qu'ils suivaient se divisait en deux voies, l'une vers le port, l'autre vers le champ de manœuvres, Relvinn fit arrêter les Varègues qui comptaient aller vers l'est. Il se rappela soudain ce que lui avait dit l'Oracle, à Kiev, et « la Porte de Bronze est fermée » cria-t-il. « C'est pourtant le chemin le plus court » dit Eirik, mais l'autorité de Relvinn était telle que nul n'osa discuter ses paroles et le groupe prit au nord, en direction de la Porte d'Argent. Bien leur en prit, car les soldats de l'empereur avaient bien compris que les Suédois voulaient regagner leurs vaisseaux. Ils s'étaient donc massés dans les bastions qui flanquaient la Porte de Bronze et devant ses battants fermés, et avaient baissé la herse pour leur interdire toute fuite.

Quand ils se présentèrent à la Porte d'Argent, les Varègues ne se virent opposer qu'une faible résistance. On ne les attendait pas à cet endroit qui les éloignait du port. Ils prirent soin, aussi, de ne laisser aucun garde s'échapper qui pût donner l'alerte. Une fois à l'extérieur des murailles de la ville, ils les contournèrent vers l'est, en se mettant à l'abri de maisons dans une rue qui longeait les fossés de la cité. Enfin ils arrivèrent au port, en pleine effervescence en raison du départ des Chrétiens. On les aperçut du haut de la Porte de Bronze, mais il fallut relever la herse et ouvrir le portail avant de pouvoir se lancer à leur poursuite. Quand les soldats arrivèrent sur les quais, les Suédois avaient embarqué les coffres dans leurs navires et pris place sur leurs bancs de rameurs. Ils descendirent la Corne d'Or, puis se glissèrent au milieu des embarcations transportant l'armée des miséreux pour passer la chaîne qui barrait l'entrée du port. Deux grands navires de guerre armés de catapultes et de feux grégeois partirent à leur poursuite, mais ils furent pris dans le flux des bateaux des Chrétiens. Quand ils se furent frayé un chemin, les vaisseaux des Varègues avaient hissé les voiles, trop loin pour être rattrapés.

CHAPITRE XLVII

Dès que les bateaux eurent pris la mer, on s'occupa de la blessure de Sven. La flèche était entrée profondément dans son dos et elle cassa quand on voulut l'extraire. La pointe resta dans le poumon. Bientôt, Sven fut incapable de parler. Blanc comme du lait, il respirait avec difficulté, puis il se mit à suffoquer et à cracher du sang. Dyggvi demanda à Eirik s'il devait lui ouvrir le dos pour extraire la tête de la flèche, mais il était trop tard et il refusa. On servit de l'hydromel dans une coupe et on la tendit au chef varègue, sans qu'il pût en boire car il s'étouffa aussitôt et perdit connaissance. Il revint à lui peu après, et appela son fils et Relvinn. « Je vais bientôt franchir l'une des six cent quarante portes de la Halle d'or, leur dit-il, et jamais je ne reverrai mon pays. Que Relvinn prenne votre tête et qu'Eirik devienne son second. » Puis il mourut. Les navires gagnèrent alors la côte la plus proche pour préparer les cérémonies funèbres.

Plusieurs hommes furent dépêchés au village voisin pour acheter un cheval de grand prix et une barque qui fût digne de recevoir le cadavre de Sven Bouche-Tordue. On l'étendit dans l'embarcation au milieu de ses armes et d'une part du trésor, avant de sacrifier le cheval à ses pieds. Puis les hommes mirent le feu à la barque et la poussèrent vers le large. Les scaldes composèrent maintes strophes à la gloire de leur chef, en chantant qu'à présent il siégeait au côté de leur Odinn et des guerriers parmi les plus valeureux. Eirik ne dit rien, mais ses mains tremblaient sur la garde de son épée et tous crurent que c'était par chagrin. Pourtant il n'avait que peu de regards pour le bûcher de son père, épiant surtout Relvinn d'un œil noir. Celui-ci se tenait un peu à l'écart. Il avait gardé le silence jusqu'alors, mais quand la barque de Sven coula, il dit simplement cette strophe :

> 7. *Les arbres des batailles*
> *Sont privés de leur père.*
> *Dans le serpent de l'eau*
> *Il emporte sa gloire.*
> *L'averse du visage*
> *Brûle sous mes sourcils*
> *Mais ne doit pas tomber.*
> *Je suis devenu chef.*

Puis les Varègues reprirent la mer sans tarder, car ils étaient encore très près de Byzance.

CHAPITRE XLVIII

Le soir, quand on débarqua pour la nuit, Dyggvi réunit les hommes pour leur annoncer qui devrait succéder à Sven Bouche-Tordue. Il avait entendu les derniers mots de son chef et les répéta à l'assemblée. Les Varègues furent étonnés car ils pensaient qu'Eirik succèderait à son père. Alors Eirik se leva et dit que ces paroles ne tenaient pas, car Sven était mourant et qu'il avait confondu entre eux, tous deux étant près de lui à ce moment. Ces mots plurent à nombre des Suédois qui avaient longtemps combattu aux côtés de Sven, et qui connaissaient son fils depuis sa première expédition. Dyggvi dit néanmoins que Sven n'avait certainement pas parlé au hasard, puisqu'il avait d'abord pris soin de réunir les deux jeunes gens. « Voudrais-tu me priver de ce qui me revient de droit ? demanda Eirik. – Non, dit Dyggvi, seulement respecter la volonté du mort, qui avait ses raisons. – Pourrais-tu dire lesquelles sans trembler ? dit Eirik. – Je le pourrais, en effet » dit Dyggvi. Et il déclara que Sven avait compris que des deux Eirik était le plus fort et le plus vaillant, mais que Relvinn était le plus clairvoyant et le plus rusé. Eirik empoigna son épée et « penses tu qu'un chef doive être plus rusé que plus fort ? demanda-t-il en se campant face à Dyggvi. – La force peut être vaincue par une seule flèche, dit-il, mais la ruse permet de l'éviter. » Il tira donc lui aussi son épée, et il allait comparer la longueur de sa lame avec celle d'Eirik quand Relvinn s'interposa. Il leur dit que les hommes devaient décider en fin de compte qui de lui ou d'Eirik prendrait leur tête. Les Varègues furent embarrassés de ce choix, car d'un côté ils souhaitaient voir le fils de leur chef lui succéder, et d'un autre ils voulaient respecter les dernières paroles de Sven.

Comme ils ne pouvaient se départager, on eut recours à une épreuve de lutte entre les deux rivaux. Dyggvi exigea que ce fût à mains nues, mais si Relvinn pouvait espérer ainsi qu'il aurait la vie sauve pour le moment, il savait qu'il ne pourrait l'emporter. Alors les Varègues formèrent un cercle et le combat commença. Eirik se jeta aussitôt contre Relvinn et le mit à terre d'un coup d'épaule porté à la poitrine, si bien que Relvinn, le souffle coupé, dut s'avouer vaincu. Eirik se proclama donc chef. Il laissa la vie sauve à son adversaire parce qu'il savait qu'ordonner sa mort le rendrait impopulaire auprès de ses hommes, tant Relvinn était apprécié. Mais il prit Dyggvi pour second, reléguant son rival aux bancs des rameurs. Quant au trésor, il refusa de le distribuer tant que l'on ne serait pas rentré au pays. Certains affirmèrent que c'était pour que Relvinn ne reçût rien puisqu'il ne ferait pas la dernière partie du voyage, entre Eklendys et la Suède. D'autres dirent simplement que si Relvinn avait été choisi pour chef, chacun aurait eu tout de suite sa part de richesses, et que le chemin jusqu'au pays était encore long et périlleux.

CHAPITRE XLIX

Les semaines passèrent tandis que les Varègues remontaient le Dniepr jusqu'à Kiev, où ils ne s'attardèrent pas, de même qu'ils ne s'arrêtèrent pas chez le boyard Dmitri mais remontèrent les fleuves le plus rapidement qu'il le pouvaient jusqu'à l'estuaire de la Dvina. Il n'était plus question de faire du commerce ni même d'acheter des chevaux. Déjà on parlait du retour au pays, où chacun pourrait mener une vie de seigneur. Eirik assurait qu'il deviendrait jarl de sa province, promettant à ceux qui l'écoutaient qu'ils pourraient servir dans sa garde. Certains le souhaitaient ardemment, les autres préférant s'entretenir des terres et des fermes qu'ils achèteraient dans les vallées où ils étaient nés. Mais pour cela, il fallait avoir eu sa part du trésor, et Eirik s'en tenait toujours à sa décision. Quant à Relvinn, personne ne lui demandait son avis. Il était clair qu'Eirik n'avait guère d'amitié pour lui, si bien que l'on n'osait pas lui parler en la présence du chef, à l'exception de Dyggvi. Eirik avait espéré qu'en le choisissant pour second il prendrait son parti contre celui de Relvinn, mais il n'en était rien, même s'il servait son chef avec dévouement.

CHAPITRE L

Les navires des Suédois n'étaient plus loin de l'estuaire de la Dvina quand ils s'arrêtèrent, pour se ravitailler, dans un grand bourg où s'étaient établis de nombreux commerçants allemands. Tandis que les autres hommes restaient sur les bateaux pour surveiller les coffres, Eirik se rendit au marché en compagnie d'une dizaine de membres de son équipage. Relvinn faisait partie de ce groupe, car Eirik n'aimait pas le perdre de vue, tant il craignait qu'il ne se livrât dans son dos à quelque complot visant à se débarrasser de lui. C'est aussi la raison pour laquelle il le gardait sur son propre navire, de peur qu'il ne retournât un équipage contre lui. De même, l'avoir toujours sous ses ordres lui permettait de lui infliger de constantes vexations au cours du voyage ; pourtant Relvinn ne se plaignait jamais. Malgré la crainte que l'on avait d'Eirik, sa patience le rendait même populaire auprès des hommes. Mais quand ils descendaient à terre pour le ravitaillement, le chef ordonnait toujours à Relvinn de se charger de la part la plus lourde des marchandises, et ce fut une nouvelle fois le cas.

Quand ils furent sur le marché, Relvinn entendit d'autres voyageurs parler russe. C'étaient des gens du nord, des gaillards bien bâtis et bien équipés, certainement des mercenaires qui se vendaient au prince le plus offrant dans les guerres que les Russes livraient toujours à leurs frontières. Relvinn s'approcha alors d'Eirik et « tu ne me donnes pas beaucoup de choses à porter aujourd'hui » lui dit-il. Le chef lui rétorqua qu'il n'avait pas fini d'acheter tout ce qui était nécessaire, puis s'approcha d'un étal de poisson et en acheta une grande quantité qu'il ordonna à Relvinn de transporter « sans utiliser de sac ni de tonneau » puisqu'il semblait d'humeur fanfaronne. Comme tous s'y attendaient, quand Relvinn entassa les poissons au creux de ses bras, tout son chargement se répandit par terre. Eirik rit de lui et s'en retourna aux bateaux en lui disant que s'il n'arrivait pas à temps avec les poissons, les Varègues partiraient sans lui.

Relvinn attendit que le chef se fût éloigné, puis il défit son manteau, l'étala sur le sol, y entassa les poissons et le replia avant de le nouer et de le jeter sur son épaule. Alors il se rendit auprès des mercenaires russes, qui avaient tout vu, et leur apprit qu'Eirik était le fils de ce Sven Bouche-Tordue qui avait mauvaise réputation à Novgorod. Les Russes avaient entendu parler des exploits du Suédois dans cette ville, aussi ce que leur dit Relvinn les intéressa-t-il beaucoup. S'ils le voulaient, ils pouvaient se venger de lui la nuit même en attaquant son campement dont il leur indiqua l'emplacement. « Mais quel intérêt y trouverons-nous ? demanda un des mercenaires. – Une fois tué Eirik, dit Relvinn, vous pourrez devenir vos propres maîtres en vous emparant du trésor qu'il transporte dans son bateau. » Relvinn leur dit aussi qu'ils n'auraient pas besoin de venir nombreux, puisque Eirik n'avait d'autre escorte que les quelques hommes qui l'accompagnaient sur le marché, et que lui-même ne leur demanderait que sa part du butin une fois mort le chef varègue. « Les autres Suédois, ils se rendront dès que vous aurez tué Eirik. – Mais comment reconnaîtrons-nous leur chef dans la nuit ? demandèrent-ils. – Je vous le désignerai » dit Relvinn. Ils établirent vite leur plan et Relvinn s'en revint aux bateaux.

Quand Eirik le vit avec son chargement sur l'épaule, il se moqua de lui qui avait mis du temps pour trouver un moyen de transporter sa marchandise, et de son manteau qui sentait le poisson. « Pourtant, demain, mon manteau à moi ne sentira pas la charogne » dit Relvinn en déposant son fardeau sur le pont du bateau. Eirik retourna faire ce qu'il avait à faire et les choses en restèrent là.

CHAPITRE LI

Le soir, les Varègues campèrent à terre, au bord du fleuve. Pendant le repas autour du feu, Relvinn se montra de belle humeur, se levant pour servir du vin à ses compagnons. Il remplit à ras bord la coupe d'Eirik et proposa à tous de boire à la santé du nouveau chef. D'abord surpris, Eirik but avec ses hommes, acceptant même les autres coupes que Relvinn ne manquait pas de lui verser. Au bout d'un moment, le vin lui avait chauffé les esprits et il prit Relvinn par le bras. « Pourquoi me sers-tu ainsi à boire ? lui demanda-t-il. Pourquoi cherches-tu mes bonnes grâces ? – Parce que ce soir, je veux que tu acceptes la promesse que je vais te faire » dit Relvinn en l'entraînant à l'écart des autres. Il lui expliqua alors qu'il s'engagerait à toujours lui obéir comme à son chef. Eirik affirma qu'il était déjà son chef et qu'il lui devait déjà obéissance, mais Relvinn dit qu'il s'était proclamé chef dans la colère, et qu'alors aucun de ses hommes ne l'avait acclamé comme cela se devait pourtant. Eirik lança un regard vers les autres Varègues, dont nombreux étaient ceux qui les observaient, heureux de les voir ainsi se réconcilier. « Que dois-je faire pour qu'ils m'acclament ? dit Eirik. – Viens avec moi et tu le sauras. »

Relvinn l'entraîna à sa suite encore plus à l'écart, dans les fourrés à la lisière de la forêt toute proche. Là, ils s'arrêtèrent et Relvinn lui dit que pour prouver son rang, il devait retourner en direction de ses hommes en criant qui il était, et qu'alors ils se lèveraient pour l'acclamer quand il sortirait des buissons. Eirik avait trop bu pour ne pas le croire. Il se mit donc à hurler « Je suis Eirik, fils de Sven Bouche-Tordue, chef des Varègues ! » en retournant vers le camp.

À côté de lui, Relvinn marchait sans rien dire. Alors les mercenaires russes sortirent de la forêt et se jetèrent sur Eirik : avant qu'il n'ait eu le temps de réagir, ils lui assénèrent de nombreux coups de hache, dont l'un lui sépara l'épaule du corps et un autre lui arracha la mâchoire. En quelques instants, il fut taillé en morceaux. Aussitôt Relvinn s'enfuit vers les vaisseaux. Les Russes s'élancèrent après lui, à l'assaut des Varègues, mais quand leur complice se mit à crier à l'ennemi, ils comprirent qu'ils avaient été trompés. De même, quand débouchant au bord du fleuve ils découvrirent que les Suédois étaient autrement plus nombreux qu'eux, ils hésitèrent à poursuivre. Mais déjà les compagnons de Relvinn avaient saisi leurs armes et se lançaient à leur rencontre avec maints hurlements.

Sous l'effet de la surprise, les mercenaires perdirent la moitié des leurs dès la première charge des Varègues. Ce fut un combat facile pour ces hommes qui avaient l'expérience des armées de Constantinople, même si leurs assaillants n'étaient pas de simples paysans. Au fur et à mesure que les Russes étaient abattus, Relvinn se penchait sur eux pour leur ouvrir la gorge. Il acheva ainsi jusqu'au dernier de ceux que ses compagnons n'avaient pas occis d'un coup d'épée. Puis Dyggvi demanda ce qui s'était passé et Relvinn raconta son histoire : au moment où, réconcilié avec Eirik, il lui proposait de se faire acclamer, les bandits les avaient assaillis et « reconnaissant la valeur de notre chef, c'est lui qu'ils attaquèrent en premier ». Puis il dit qu'il avait déjà vu ces hommes sur le marché, et qu'ils devaient venir de Novgorod. Se souvenant des exploits de Sven dans cette ville, tous les Varègues comprirent pourquoi les mercenaires avaient souhaité les attaquer. Ils partirent à la recherche du cadavre d'Eirik, et lui offrirent le lendemain, sur le fleuve, les mêmes funérailles qu'à son père.

CHAPITRE LII

Avant de repartir, on décida de choisir un nouveau chef. Aussitôt Relvinn proposa Dyggvi, qui avait longtemps servi sous les ordres de Sven bouche-Tordue, mais l'intéressé refusa. Quand Relvinn avait raconté comment les mercenaires avaient attaqué Eirik, il n'avait rien dit mais l'avait observé de curieuse façon, comme s'il se doutait de ce qui s'était passé en vérité. Relvinn avait manifestement l'intention de prendre la tête des Varègues et y parviendrait d'une façon ou d'une autre, et Dyggvi avait envie de revoir son pays. Il dit alors que Relvinn était le chef qu'il leur fallait, car dans tous leurs combats il avait eu beaucoup de chance « et en outre il est plus rusé qu'aucun d'entre nous ». Relvinn l'écouta en comprenant ce que ces mots sous-entendaient. Mais après les paroles de Dyggvi, tous les Suédois se rallièrent à cette proposition et ils acclamèrent Relvinn comme leur chef, et Dyggvi garda son rôle de second. Relvinn dit qu'il acceptait, mais qu'une fois revenu en Eklendys il leur demanderait de se choisir un nouveau chef, car lui ne les accompagnerait pas jusqu'en Suède, et tous furent d'accord. Puis l'un des hommes demanda ce qu'il en était du partage du trésor de l'empereur, différé par Eirik. Relvinn dit que ce partage attendrait et qu'Eirik avait eu raison, car les hommes seraient ainsi plus unis jusqu'à leur retour dans leur foyer. Cette réponse fit beaucoup de mécontents, mais c'était la décision du chef et personne n'osa rien y objecter.

CHAPITRE LIII

Enfin les bateaux des Varègues retrouvèrent la Baltique. La mer était aussi grise que le ciel, mais tous furent heureux de la revoir après ces années passées dans le sud. Le vent était favorable, si bien qu'ils mirent peu de temps avant de revoir les côtes d'Eklendys. En revoyant les prairies d'herbe, les falaises et les plages grises dont il avait été banni, Relvinn déclama une strophe :

> 8. *Sur la mort aux poissons*
> *Qui l'ont porté longtemps*
> *Attendent les racines*
> *De l'arbre des batailles*
> *De se poser encore.*
> *Cinq hivers ont passé*
> *Sous des cieux étrangers.*
> *Je reviens au pays.*

Les Varègues accostèrent dans un port de pêcheurs à seulement quelques lieues du village de Relvinn, et le bruit courut très vite de leur retour. Mais personne parmi ceux qu'il connaissait ne vint saluer le fils de Boran sur les pontons comme il s'y était attendu. Il faut dire que Tobor était devenu un homme important, qui ne cachait plus sa haine envers Relvinn, et personne n'avait envie de le défier en allant saluer le frère de sa femme. Alors les Suédois déchargèrent leurs coffres bardés de métal sur trois chariots tirés par des bœufs que Relvinn acheta en même temps que trois esclaves pour les conduire, et la compagnie se mit en marche vers la maison où Sven allait jadis commercer avec Boran.

CHAPITRE LIV

À présent la saga revient à Tobor. Il apprit très vite que Relvinn était de retour, mais c'était une chose à laquelle il s'était préparé depuis longtemps. Son plan était d'accueillir son ennemi sans rien lui montrer de ses desseins, de lui offrir l'hospitalité et de le tuer dans son sommeil ; mais un de ses esclaves lui apprit que Relvinn revenait à la tête d'une compagnie nombreuse de guerriers expérimentés : impossible de se débarrasser de l'un sans éveiller les soupçons de tous les autres, et Tobor n'avait pas assez d'hommes avec lui pour se mesurer aux Varègues. Il envoya donc chercher le reste de ses cousins pour mettre son projet à exécution quelques nuits plus tard. En attendant, il s'avança à la rencontre de Relvinn pour lui souhaiter la bienvenue, encore que fraîchement, lui expliquant qu'il avait épousé sa sœur Fenys pour aider sa famille. Relvinn s'assombrit à cette nouvelle. La première chose qu'il demanda à sa sœur, puisque Boran ne parlait plus, c'était si leur père avait révélé le secret de l'origine de l'ambre à Tobor, et elle lui avoua que oui. Alors, malgré toutes les raisons passées de Boran qui pussent justifier le mariage, et plus encore que parce que son rival d'autrefois était devenu l'époux de sa propre sœur, Relvinn se montra on ne peut plus contrarié.

De son côté, Tobor ne s'attendait pas à voir Relvinn arriver avec ce qui avait l'air d'un incroyable trésor dans les caisses empilées sur les chariots. Il s'arrangea pour demander à l'un des Suédois si ce qu'il pensait était vrai, ce à quoi l'autre répondit que, en vérité, il y avait dans ces coffres de quoi acheter les royaumes de plusieurs rois d'Occident. Alors Tobor réfléchit. En raison du butin pris à Constantinople, les Varègues seraient constamment sur leurs gardes, si bien qu'il serait vain de vouloir les surprendre dans leur sommeil. Tobor devait trouver autre chose pour parvenir à ses fins, mais il fallait agir rapidement car les compagnons de Relvinn repartiraient certainement chez eux dès que le partage du trésor aurait été fait, ce qui ne tarderait guère. De fait, son beau-frère l'avait l'avait promis pour le surlendemain.

Quant à Relvinn, il avait fait cette promesse pour apaiser ses hommes, tout impatients de rentrer chez eux les bras couverts de richesses – mais il n'avait pas du tout l'intention de tenir sa parole, tant il désirait rester le seul maître du trésor. Il lui fallait trouver une nouvelle ruse qui dupât tous les Varègues, mais aussi sa propre famille pour plus de sécurité. Pendant que les bateaux faisaient voile vers Eklendys, il avait déjà trouvé un endroit où cacher les coffres. En effet, un jour qu'avec son père ils s'étaient rendus par la terre au bord de la falaise où s'amassait l'ambre, pour vérifier que nul ne pouvait y accéder autrement qu'en barque par la mer, ils avaient contourné en chemin, à une lieue de la falaise, une colline ronde dont le flanc nord était couvert par une forêt d'ormes. Dans cette forêt se trouvait une grotte dont l'entrée était presque entièrement obturée par des fourrés d'épineux. Relvinn l'avait découverte alors qu'il traquait un renard : elle était profonde, descendant jusqu'au cœur de la colline, et n'avait pas d'autre issue. C'était là qu'il comptait déposer les caisses en secret, mais il lui fallait trouver un moyen de le faire rapidement, bien que pour le moment il n'eût pas d'idée lui permettant de parvenir à ses fins.

CHAPITRE LV

Finalement, ce fut Tobor qui prit l'offensive. Comme tous ses cousins venaient d'arriver au village avec leurs esclaves, il décida d'agir sans même attendre leur venue à la ferme. Le soir même, il alla chercher Boran et le traîna jusqu'à la grande salle où festoyaient Relvinn et ses compagnons. Faisant irruption avec ses hommes au milieu du banquet, il dit à Relvinn que s'il ne lui obéissait pas, il égorgerait son père ; et de fait il tenait une dague sous la gorge du vieillard. « Que veux-tu donc ? demanda Relvinn, se levant. – Tout l'or que tu as rapporté de ton voyage, dit Tobor. – Apprends que si tu mets la main sur le trésor, tu n'auras guère le temps d'en jouir, dit Relvinn. – Plus longtemps que ton père alors, dit Tobor, car je l'emmène avec moi. » Il ordonna aux Varègues de sortir et d'aller porter les coffres sur les trois chariots attelés de bœufs que conduiraient ses esclaves. Les caisses étaient entreposées dans une grange servant à abriter une énorme meule de foin, et deux Suédois y montaient la garde en permanence.

Quand tous furent à l'extérieur pour se rendre à la grange, Tobor tenait toujours sa lame sur la gorge de Boran tandis que ses hommes portaient des torches autour d'eux pour vérifier qu'aucun des Varègues ne cherchait à les attaquer dans l'obscurité. Mais à ce moment Boran refusa d'avancer. Même s'il n'y voyait plus, il avait bien compris ce qui se passait et cela ne lui plaisait pas. Prenant sa béquille à deux mains, il voulut en asséner un coup à son gardien, mais Tobor lui enfonça sa dague dans le cou pour se défendre. Aussitôt Relvinn comprit quel parti il pourrait en tirer : il cria aux siens de se lancer à l'attaque. Les Suédois dégainèrent leurs épées et se jetèrent sur les esclaves de Tobor. Celui-ci, pris de court, s'enfuit en portant Boran sur son épaule, protégé par trois de ses serviteurs. Les autres esclaves les imitèrent, courant en direction du village. Les Varègues partirent à leur poursuite, mais au moment de quitter la ferme Relvinn trébucha et tomba au sol. Dyggvi se pencha sur lui, l'aidant à se relever. « Je me suis tordu la cheville, dit Relvinn. Tue Tobor pour moi. » Dyggvi acquiesça, reprenant la poursuite tandis que Relvinn rebroussait chemin en clopinant. Mais dès que ses compagnons furent hors de vue, il reprit une marche normale.

Plutôt que de rentrer dans le corps de ferme pour se faire soigner, il se dirigea vers la grange à foin et se remit à boiter. Les deux Varègues qui y montaient la garde l'aidèrent à s'asseoir sur un billot et Relvinn leur expliqua ce qui s'était passé. Il ordonna alors à l'un des gardes de partir pour le village afin d'aider ses compagnons, tandis qu'il le remplacerait dans la grange, et ainsi fut fait. Puis, tandis que l'autre garde lui tournait le dos, il ramassa une fourche, se leva sans bruit et lui en donna un grand coup sur le crâne. L'autre tomba, évanoui. Relvinn sortit de la grange, s'assurant qu'il n'y avait plus personne dehors, pour s'approcher des chariots avancés par les esclaves de Tobor. Il n'eut pas longtemps à faire partir les bêtes, tirant leurs fardiers vides, dans la direction de la côte, puis il rentra dans la grange. Reprenant la fourche, il fit basculer la meule sur les coffres avant de lui rendre un aspect normal. Il déplaça les billots des gardes et les différents outils de sorte que personne ne pût remarquer que le foin avait été déplacé à l'emplacement des coffres. Enfin, là où la meule s'était tenue autrefois, il piétina le sol en plusieurs endroits, dessinant des empreintes oblongues rappelant la forme des caisses. Il prit la fourche une dernière fois pour se donner un grand coup sur l'arrière de la tête avec le manche, de façon à avoir lui-même une bosse le lendemain, puis il s'étendit sur le sol comme s'il avait perdu connaissance.

Un bref temps s'écoula avant que les Varègues ne revinssent du village. Ils étaient bredouilles. En arrivant là-bas, Tobor avait appelé à l'aide et ses cousins étaient venus à son secours, organisant leur défense. Connaissant mal les lieux, les Suédois furent accueillis d'une façon à laquelle ils ne s'attendaient pas. Les flèches sifflèrent dans l'obscurité, frappant ceux d'entre eux qui portaient des torches. L'un fut tué, précisément le gardien que Relvinn avait relevé à la grange, trois autres furent blessés. Ils estimèrent plus sage de rebrousser chemin, remettant leur vengeance au grand jour. Mais sur le chemin du retour Dyggvi faillit tomber sur un corps abandonné là : il vit que c'était celui de Boran, gisant dans une flaque de sang. Il en eut grande peine, car il le connaissait depuis que Sven Bouche-Tordue avait commencé à traiter avec lui. Deux Varègues le portèrent jusqu'à la ferme, où on le déposa dans la grande salle pour que les femmes fissent sa toilette. Mais personne n'avait vu Relvinn depuis que les hommes étaient partis à la poursuite de Tobor.

Dyggvi se rendit alors à la grange, saisi d'un pressentiment. C'est là qu'il découvrit Relvinn et l'autre gardien inanimés. À l'intérieur les coffres n'étaient plus là, et dehors les chariots avaient disparu. Il réveilla le garde et lui demanda s'il avait vu qui l'avait assommé, mais l'autre dit qu'il n'en savait rien, puis quand il se pencha sur Relvinn, il sentit sur son crâne la bosse qui naissait à l'arrière de sa tête, si bien qu'il ne lui posa pas de question. Quand tous deux parlèrent de ce qui s'était passé, ils conclurent que Tobor avait laissé des esclaves derrière lui pour assommer les gardiens et voler l'or tandis que lui-même faisait diversion en emmenant Boran. Quand ils l'apprirent, les Varègues poussèrent de grands cris en réclamant vengeance, ce que Dyggvi et Relvinn leur promirent pour le lever du jour. En attendant, ils suivirent la trace des chariots : les bœufs avaient emprunté le sentier qui menait jusqu'à la côte, au ponton où étaient amarrés les bateaux de Boran. Relvinn s'y rendit avec les autres, toujours en faisant mine de boiter, et dit que l'une des plus grandes barques avait disparu. À n'en point douter, c'était par-là que les voleurs s'étaient enfuis. Restait à présent à savoir où Tobor avait ordonné de transporter le trésor, ce que chacun se jura de lui faire avouer à n'importe quel prix.

CHAPITRE LVI

Alors que tous les Varègues fourbissaient leurs armes, Dyggvi dit à Relvinn que son père était mort. Le coup de dague de Tobor avait tranché l'artère et le vieillard s'était vidé de son sang, si bien que son meurtrier l'avait abandonné dans sa fuite. Ils se rendirent dans la grande salle où Boran reposait. Fenys le veillait, mais elle ne pleurait pas. Quand elle vit Relvinn, elle se leva et alla l'accueillir. Dyggvi dit ce qui s'était passé pendant la nuit tandis que Relvinn gardait les lèvres closes.

Alors Fenys se tourna vers son frère et lui dit : « Promets-moi de ramener l'assassin ici pour que je puisse lui donner le premier coup de notre vengeance. » Relvinn promit, car ils devaient effectivement capturer Tobor pour lui faire dire où était caché le trésor – bien qu'il sût lui-même que son ennemi l'ignorait. Puis on enterra Boran, et sa fille entreprit de graver le bois qui surplomberait sa tombe. Quant à lui, Relvinn dit simplement une strophe :

> 9. *La souche du pilier*
> *De l'orage des lances*
> *A préféré mourir*
> *Plutôt que de laisser*
> *La couche du serpent*
> *Au ravisseur honni.*
> *Quand il sera vengé*
> *Je suivrai son exemple.*

Alors il resta un long moment silencieux, puis il alla chercher son épée et tous les hommes prirent avec lui la direction du village, lentement, Relvinn marchant appuyé sur la béquille de son père.

CHAPITRE LVII

De son côté, Tobor maudissait Boran de lui avoir joué ce dernier tour, ruinant le plan qu'il avait élaboré. Mais à présent il avait ses cousins et leurs hommes pour lui venir en aide, et il avait tué l'ennemi qui jadis avait ruiné son père. Il suffirait de tuer Relvinn pour que sa vengeance fût accomplie. S'emparer du trésor ensuite ne lui poserait plus de problème, puisque sans Relvinn les Varègues ne pourraient plus lui opposer que leur force brute, et il avait à présent assez d'hommes pour les vaincre. Il débattait avec ses parents de la meilleure manière d'aller livrer combat aux Suédois, puis de prendre possession du trésor dont il leur promit leur part, quand un esclave vint l'informer de l'approche des Varègues. C'était un serviteur qu'ils avaient envoyé à l'aube en direction de la ferme de Relvinn pour qu'il les prévînt de toute manœuvre du camp adverse. Monté dans un arbre, il avait alors vu les Suédois se mettre en marche, mais il avait remarqué que Relvinn boitait et il le dit à son maître. Alors Tobor eut une idée qui lui permettrait de mettre la main sur l'or sans avoir à combattre les guerriers adverses.

Quand Relvinn et les Varègues approchèrent du village, ils furent surpris de voir que Tobor et ses cousins les attendaient de pied ferme, comme assurés de leur victoire. Les Suédois se mirent en position pour les attaquer, mais à ce moment Tobor s'avança en faisant signe qu'il voulait parlementer. « Il y a là quelque ruse, dit Dyggvi. Attaquons sans attendre. – Non, dit Relvinn. Écoutons d'abord ce qu'il a à dire. Sa ruse pourrait bien se retourner contre lui si nous y travaillons. » Relvinn s'avança donc, sur sa béquille, pour entendre les paroles de son ennemi. Tobor dit alors que leur querelle avait fait trop de morts, tant dans un camp que dans l'autre, et que tous devaient trouver une solution qui ne fît pas de nouvelles veuves et ne coûtât pas de prix-du-sang qu'aucune des deux parties ne pourrait payer « malgré toutes les richesses que vous avez rapportées de Constantinople ». À ces paroles, les Varègues poussèrent des hurlements de rage que Tobor ne comprit pas. Mais Relvinn dit qu'il acceptait d'entendre sa proposition. L'autre lui offrit de le combattre en duel sur un îlot, et le vainqueur pourrait dicter ses conditions au camp du vaincu. Dyggvi dit alors que ce serait impossible puisque Relvinn souffrait d'une cheville. « Sans doute, dit Tobor, encore que je suppose que cette blessure soit une chance pour lui, qui tremble à l'idée de se mesurer à moi. – J'accepte de t'affronter, dit Relvinn, si de ton côté tu te lies une main dans le dos. » Tobor accepta, estimant qu'il serait de toute façon plus vif que lui pour se déplacer et porter ses attaques : il ne tuerait sans doute pas Relvinn du premier coup, mais il pourrait le frapper de nombreuses fois sans que lui, dans son état, ne puisse ni riposter ni l'esquiver.

CHAPITRE LVIII

Les deux groupes gagnèrent la côte, gardant quelque distance entre eux, jusqu'au port des pêcheurs où deux barques furent mises à la mer. Dans l'une prirent place Relvinn, Dyggvi et un troisième homme, et dans l'autre Tobor et deux de ses cousins. Tous firent voile vers l'îlot le plus proche, qui n'était qu'un grand rocher plat émergeant de l'eau d'à peine deux coudées. Les duellistes y prirent pied. Chaque camp vérifia que les armes de l'autre étaient franches, et Dyggvi noua lui-même d'un lacet de cuir le bras de Tobor dans son dos. Alors les témoins reprirent le large, en restant assez près pour observer le combat.

Relvinn avait pris soin de choisir une épée longue et lourde : ce fut ainsi à lui de porter le premier assaut. Comme Tobor se mettait en position pour recevoir sa charge, Relvinn lança sa béquille haut au-dessus de sa tête. Surpris, Tobor la suivit un instant du regard ; cela suffit à Relvinn pour se jeter sur lui et le frapper d'un grand moulinet d'épée. Ne s'attendant pas à voir son ennemi aussi mobile, Tobor chercha à esquiver de son mieux, mais dans son étonnement il en avait oublié son bras noué. Sa manœuvre, entravée par les liens de Dyggvi, le déséquilibra, ce qui lui sauva la vie en fin de compte car Relvinn avait visé sa tête, et son arme ne rencontra finalement que le poignet brandi de son adversaire. La lame trancha le bras juste sous la main qui tenait l'épée, et Tobor se retrouva désarmé. Relvinn revint à la charge, le mettant à terre. Il se penchait pour l'achever quand Dyggvi le héla depuis un bateau : « Ne le tue pas, mais réduis-le à merci. » Le Varègue tenait à ce qu'il fût vivant pour pouvoir leur révéler l'emplacement du trésor. En outre, Relvinn avait promis de ramener Tobor à sa sœur ; il l'épargna donc de mauvaise grâce. Affaibli par sa blessure, Tobor lui demanda enfin merci, et Relvnn détacha le lacet de cuir qui liait son bras dans son dos pour en faire un garrot au-dessus du poignet tranché. Puis la barque de Dyggvi vint chercher les combattants et les ramena à terre, tandis que les deux cousins les suivaient la mine sombre. « Tu ne boites donc plus, constata Dyggvi. – Non, dit Relvnn, et cela s'est révélé être une excellente chose. » Dyggvi le dévisagea alors, mais n'en reparla plus.

CHAPITRE LIX

Une fois à terre, Relvinn s'adressa aux parents de Tobor pour leur dire que celui-ci était devenu son esclave et qu'il en ferait ce qu'il voudrait. Ensuite il exigea d'eux un lourd prix-du-sang pour les blessures et la mort qu'ils avaient entraînées dans le camp des Varègues, ainsi que pour son père Boran. Les cousins de Tobor promirent de mauvaise grâce et payèrent ce qu'ils devaient dès la semaine suivante. Certes Relvinn avait rendu justice seul, il n'avait pas fait sa demande devant le Maître du Clan, mais après tout ils s'en tiraient à bon compte car aucun d'eux n'avait été condamné au bannissement. Ils rentrèrent donc chez eux fort mécontents de cette expédition, même s'ils étaient soulagés qu'elle n'eût pas de fin plus désagréable. Quant à Tobor, ils déploraient sa perte et son échec sur son îlot, comprenant qu'un manchot ne serait pas un esclave efficace et qu'il connaîtrait assurément le sort de ceux de son espèce qui ne donnent pas satisfaction.

De leur côté, les Varègues reprirent le chemin de la ferme avec leur prisonnier, impatients d'apprendre où il avait caché leur or. On amena Tobor dans la grande salle, chacun proposant un moyen de lui soustraire la vérité au cas où il ne voudrait pas parler ; mais le captif était faible, ayant perdu beaucoup de sang lors de son duel, et n'opposerait guère de résistance. C'est alors que Relvinn fit venir sa sœur pour tenir la promesse qu'il lui avait faite. Quand Fenys fut là, il lui dit : « Voici l'homme qui a tué ton père et le mien. Conformément à ma parole, tu seras la première à pouvoir te venger de lui. Rappelle-toi le mal qu'il t'a fait. » On se souvenait aussi qu'il n'avait pas été doux avec elle après qu'il l'avait épousée. Fenys s'approcha de Tobor que l'on avait ligoté sur un fauteuil. « Je ne me vengerai pas, dit-elle en le regardant, mais notre père le fera. » Alors elle lui trancha la gorge avec une dague ayant appartenu à Boran. Les Varègues qui étaient là poussèrent de grands cris, car elle venait de tuer Tobor sans lui laisser le temps de dire où étaient les coffres. Relvinn, lui, ne dit rien.

CHAPITRE LX

On fit alors venir les esclaves que Tobor avait achetés grâce à l'argent de l'ambre, et dont on savait qu'ils avaient toujours pris son parti contre celui de la famille de Boran. Mais on eut beau leur brûler les pieds, leur faire sortir les yeux des orbites ou leur rompre les os, aucun ne put dire où leur maître avait fait emporter le trésor. Les Varègues entrèrent dans une grande colère, menaçant de rouvrir les hostilités pour faire parler les cousins de Tobor, qui assurément étaient dans la confidence. Finalement, Dyggvi et Relvinn et une douzaine d'hommes se rendirent chez le plus proche parent de Tobor pour exiger de lui la vérité. Celui-ci leur dit que Tobor leur avait parlé de l'or, mais que jamais il n'avait rien dit qui pût faire croire qu'il s'en était emparé. Au contraire, avant son duel avec Relvinn, il se demandait encore comment mettre la main sur les caisses ferrées. Quant à ses cousins, il fallait les croire : aucun d'eux n'avait chez lui de grandes richesses et ils auraient déjà bien de la peine à rassembler le prix-du-sang exigé par Relvinn. Quand celui-ci fut versé, les Varègues inspectèrent chaque maison des parents de Tobor, sans rien trouver.

Dans les jours suivant la mort du fils de Folgun, ils regagnèrent leurs navires et partirent à la recherche d'un endroit sur la côte où la barque transportant les caisses aurait pu les décharger. Ils demandèrent partout si quelqu'un avait vu l'embarcation qu'ils poursuivaient, mais sans réponse. Ils allèrent jusqu'à explorer les quelques îlots accessibles depuis la côte, sans plus de résultat. Un jour, ils finirent par longer la plage de sable sous la falaise, là même où Relvinn s'approvisionnait en ambre ; mais de cette plage il était impossible de gagner la terre ferme derrière la falaise, et les coffres n'étaient pas là. Quelques-uns virent des pierres brunes sur le sable, sans pourtant s'en préoccuper tant leur esprit était tourné vers l'or. À la fin, découragés, ils inspectèrent tous les endroits où la barque aurait pu couler avec son chargement. D'autres allèrent interroger les villageois près de la ferme, en vain. Quand ils demandèrent les noms des esclaves qui auraient pu commettre le vol, ils n'eurent pas plus de succès. Au bout du compte, ils se dirent que les serviteurs de Tobor qui avaient volé l'or étaient morts sous leur torture sans parler, et qu'ils avaient dû jeter les caisses à la mer à un endroit convenu où ils reviendraient les chercher plus tard : de nouvelles recherches sur les hauts-fonds se révélèrent infructueuses, comme toutes les autres avant elles. Il n'y avait donc plus vraiment d'espoir de retrouver le trésor, à moins d'un hasard favorable, et certains pensaient déjà à rentrer chez eux malgré cette perte cruelle.

CHAPITRE LXI

Pendant ce temps, Relvinn avait repris le commerce de son père. Il avait dit à Dyggvi qu'il renonçait à sa part du trésor si les Varègues le retrouvaient, car il ne voulait plus entendre parler de ce qui avait été la cause de la mort de Boran. Les Suédois respectèrent donc sa volonté, de même qu'après le temps qui convenait à des hôtes ils quittèrent la ferme et retournèrent camper près de leurs bateaux, pour tous les jours que dureraient leurs recherches. Relvinn fut soulagé de leur départ et entreprit de vendre de l'ambre sur le marché du village comme il l'avait fait avant son exil. Mais cette fois, les pierres qu'il proposait étaient le plus souvent taillées ou polies par ses soins, bien plus belles que celles que vendait son père, et rapportant bien davantage. Parmi ses clients, on comptait maintenant de nombreux voyageurs, des Chrétiens qui venaient de l'ouest et des cités de l'empire d'Allemagne. Il y avait même des missionnaires, que le Clan sacerdotal tolérait tant qu'ils ne nuisaient pas à ses prêtres, et qui étaient très demandeurs d'ambre pour leurs ciboires et autres instruments de culte. Relvinn comprit qu'il devait s'attirer leurs bonnes grâces.

Mais un matin que des Varègues étaient venus lui rendre compte de leurs efforts pour retrouver l'or, il leur dit qu'il serait absent pendant plusieurs jours : les chariots et les trois esclaves qu'il avait achetés pour transporter les coffres ne seraient plus d'aucune utilité désormais, et il avait décidé de les vendre sur le grand marché d'Ömbortrum. Il emporterait également des peaux diverses qu'il avait rapportées de Russie, ses plus fines pierres d'ambre, et une bonne quantité de foin pour le voyage des bœufs. Les trois esclaves devaient tout préparer avant l'aube pour leur départ. Pourtant, cette nuit-là, Relvinn se joignit à eux au moment du chargement. Leur faisant jurer le secret, il les conduisit dans la grange où était entreposé le foin et leur fit sortir les caisses ferrées de sous la meule. Une fois rangés au fond des chariots, les coffres furent à nouveau recouverts de foin. Le jour se levait alors ; Relvinn dit adieu à sa sœur et partit pour la ville.

Après un long chemin, le convoi approcha de la grotte dans le flanc de la colline, non loin de la falaise qui surplombait la plage aux pierres d'ambre. C'est là que Relvinn souhaitait cacher le trésor. Il fallut une bonne heure pour trouver l'entrée de la grotte, tant la végétation avait envahi le bois d'ormes qui couvrait cette partie de l'éminence. Enfin un esclave la trouva et appela les autres. On fit venir les chariots au pied du bois puis ils transportèrent une à une les caisses jusqu'au fond de la grotte. C'était un travail difficile qui leur prit le reste de la journée. Relvinn dit à ses serviteurs qu'il s'agissait d'un secret à ne révéler à personne, pas même à leur futur maître quand il les aurait vendus. C'est pourquoi, sous prétexte de leur faire promettre le silence devant l'or selon un rituel ancestral, il les amena tour à tour dans la grotte et les tua l'un après l'autre. À présent il était le seul à détenir ce secret, comme il était le seul à connaître l'existence du gisement de la plage sous la falaise. Il coupa la tête à ses esclaves et les ficha sur des pieux devant les coffres, deux tournées vers l'entrée pour empêcher qu'un autre que lui pût s'y glisser, la troisième, bouche ouverte, tournée vers l'or pour le protéger de la convoitise. Enfin, il versa le sang des esclaves autour de l'entrée de la grotte afin que le charme fît disparaître quiconque aurait réussi à s'y glisser et ne lui permît plus de jamais en sortir. Puis il campa dans le bois et repartit pour Ömbortrum au matin, traînant derrière lui les autres chariots attelés de bœufs au moyen de cordes.

CHAPITRE LXII

Une fois dans la cité, il vendit ses attelages, ses peaux et l'ambre, puis il se mit à la recherche d'un temple des Chrétiens. Là il trouva un missionnaire à qui il se présenta, de même qu'il lui offrit une partie de son travail sur l'ambre, emportée à cet effet. Le prêtre s'émerveilla de la qualité de ses œuvres, disant qu'on n'en voyait plus de telles dans le pays depuis la disparition du joaillier Folgun. Relvinn dit qu'il venait du même village, où les Chrétiens étaient désormais bien accueillis, ce que l'autre voulut bien croire. Le missionnaire lui demanda où il avait appris à tailler l'ambre. « Auprès d'Ivan de Kiev et à Constantinople, dit Relvinn. – Alors as-tu accepté le baptême des schismatiques d'Orient ? lui demanda le prêtre. – Non » dit Relvinn, ce qui était la vérité. Le religieux dit que cela était bien, et qu'il serait heureux de faire commerce avec lui toutes les fois qu'il viendrait dans la ville. Il conseillerait aussi à ses pairs d'aller le trouver dans son village chaque fois qu'ils auraient besoin de pierres de cette qualité. Et peut-être un jour Relvinn accepterait-il de recevoir la foi du pape de Rome ? Relvinn ne répondit rien, mais remercia le prêtre et rentra chez lui sur un cheval qu'il avait acheté sur le marché.

CHAPITRE LXIII

Quand il fut de retour chez lui, Relvinn trouva à sa ferme Dyggvi et une partie de ses compagnons varègues. Ils étaient venus le saluer avant leur départ, car ils n'avaient désormais plus aucun espoir de retrouver le trésor rapporté de Byzance. Certains se plaignaient de cette aventure, car désormais ils ne pourraient plus emprunter les voies de l'est pour se livrer comme avant à leur commerce, mais devraient sans doute proposer leurs services aux rois du Danemark ou de Norvège, voire à celui d'Angleterre. D'autres enfin pensaient partir pour la lointaine Islande, voire au-delà, en Vinland. Dyggvi, quant à lui, rentrait chez les siens pour ne plus en repartir, car il comptait devenir jarl de sa province. Au moment de faire ses adieux à Relvinn, il lui dit que si un jour il retrouvait le trésor, il devrait l'en avertir au plus tôt. « Comment peux-tu croire que moi je retrouverais cet or alors que vous tous ne l'avez pu ? demanda Relvinn. – Parce que celui qui a réussi à le faire sortir de Constantinople pourrait bien finir par le faire sortir de sa cachette » dit Dyggvi en le scrutant du regard. Mais Relvinn resta impassible, si bien qu'ils se quittèrent ainsi et ne se revirent jamais plus.

Pourtant, tous les Varègues n'étaient pas repartis. Il en restait une quinzaine, parmi les plus jeunes, qui refusaient de quitter le pays où se trouvait l'or qui leur revenait. Ils restèrent ainsi plusieurs semaines à inspecter la côte, les abords de la ferme, du village et des fermes des cousins de Tobor. Puis ils se lassèrent, comptant sur la chance pour leur permettre de découvrir un jour les caisses qu'ils convoitaient. En attendant, ils prirent femme au village et s'établirent dans les environs, se faisant soit pêcheurs, soit marchands, adoptant principalement le commerce de peaux. Au village, on continua de les appeler les Suédois, et longtemps ils furent l'objet de moqueries car le bruit de leur recherche secrète s'était éventé : on en vint à penser qu'ils cherchaient un trésor imaginaire et qu'ils étaient un peu fous. Mais personne ne se risquait à leur en faire la remarque, parce que c'étaient des guerriers expérimentés à qui ils ne fallait pas chercher querelle. De son côté, voyant qu'ils ne repartaient pas chez eux, Relvinn s'abstint de faire la moindre confidence concernant la grotte dans le bois d'ormes, même à sa sœur, et garda son secret pour lui en attendant le jour où il pourrait jouir de son trésor en toute tranquillité.

Quelques mois plus tard, Dyggvi lui envoya un messager pour lui demander s'il acceptait de veiller à l'éducation de son fils, Knut, un garçon âgé d'une dizaine d'années. Relvinn accepta en souvenir de leurs campagnes communes, si bien que Knut vint vivre chez lui, et Fenys l'éleva comme s'il avait été son enfant. Mais avant de le laisser partir en Eklendys, Dyggvi lui avait raconté l'histoire du trésor volé à l'empereur de Constantinople, lui faisant promettre de l'avertir si jamais il était découvert ou si Relvinn, comme il le soupçonnait, en savait plus qu'il ne le laissait entendre au sujet de sa disparition. Mais Dyggvi n'eut jamais la réponse à sa question, car deux hivers plus tard un ours lui enleva le visage d'un coup de griffe et il mourut. C'est pourquoi il sort à présent de la saga.

CHAPITRE LXIV

Dans les années qui suivirent, Relvinn consacra tous ses efforts au commerce de l'ambre, qu'il taillait avant de le vendre. Sa réputation gagna tout le pays et s'étendit même au-delà, puisque désormais on venait lui acheter ses pierres depuis toutes les terres donnant sur la Baltique, mais aussi depuis le royaume des Francs, et certains venus du sud revendaient de même son travail aux Arabes et aux princes de la Méditerranée. Mais avant tout, c'étaient les seigneurs d'Allemagne et les prêtres des Chrétiens qui lui achetaient le plus d'ambre. Relvinn acquit de nombreux esclaves, dont un contremaître, pour vendre ses pierres sur différents marchés ; mais il vérifiait d'un œil très scrupuleux tous les comptes qu'on lui rendait. À Knut il apprit à tailler l'ambre comme Ivan le lui avait enseigné jadis, assurant ainsi au garçon sa part de richesses, mais il ne lui dit pas où il allait ramasser l'ambre, car c'était un secret qu'il n'accepterait de confier qu'à l'un de ses propres fils le jour où il en aurait.

CHAPITRE LXV

Relvinn ne partit plus jamais en voyage, sauf une fois. Le prêtre des Chrétiens qu'il avait rencontré à Ömbortrum vint un jour lui rendre visite pour le trouver dans son atelier. Il lui avait fait acheter de très nombreuses pierres pour ses objets de culte, et il en avait fait envoyer à son pape. Celui-ci avait beaucoup apprécié le travail de Relvinn, au point de le faire savoir à son prêtre. Le missionnaire fut même invité à venir à sa cour pour être remercié de vive voix par le pape, ainsi que, s'il le désirait, le lapidaire qui avait taillé l'ambre de cette manière. Le prêtre alla donc trouver Relvinn pour lui proposer de faire le voyage avec lui jusqu'à Rome. Voyant le profit qu'il pourrait tirer de cette reconnaissance, à présent que de nombreux Chrétiens quittant l'empire d'Allemagne s'établissaient toujours plus près d'Eklendys, Relvinn accepta de l'accompagner. Il confia ses biens à sa sœur, dit à Knut de surveiller les esclaves comme il le fallait, sella son cheval et partit pour le sud avec le missionnaire.

Les deux compagnons traversèrent le Samland pour arriver en Mazovie, puis de là ils passèrent en Silésie, entrèrent en Bohême et en Carinthie pour atteindre les territoires de Venise et prendre la mer jusqu'à Ancône. Alors ils franchirent les grandes montagnes d'Italie et redescendirent en suivant le fleuve Tibre jusqu'à la ville de Rome. C'était une grande cité, même si elle était bien plus petite que Constantinople, mais là le pape des Chrétiens régnait comme un roi sur ses sujets, et tous ses jarls et ses maîtres de clan étaient des prêtres, comme si le Clan sacerdotal y avait été la seule autorité. Le missionnaire conduisit Relvinn devant le pape Pascal, qui avait alors maints différends avec l'empereur des

Allemands, mais qui prit le temps de les recevoir et d'accepter les pierres taillées que Relvinn avait emportées avec lui. Le prêtre traduisit ses paroles et celles du pape pour qu'ils se comprissent : Relvinn fut complimenté pour son art et reçut la bénédiction papale. En quittant Rome pour rentrer chez lui, il en composa même une strophe :

> 10. *La prairie de la tête*
> *A supporté la main*
> *Du roi des Porte-Croix*
> *En sa halle de pierre.*
> *Le fléau de l'or brun*
> *Est l'ami du grand-prêtre*
> *Dans son manteau de neige.*
> *Ce m'est grande fierté.*

Quand enfin il revint en Eklendys, la rumeur colporta cette nouvelle, ce qui accrut d'autant son prestige. Relvinn était devenu l'homme le plus important de sa contrée, et même le Maître du Clan s'effaçait devant lui quand il fallait prendre une décision à l'assemblée des hommes libres. Son opulence se voyait dorénavant dans ses vêtements et ses chevaux, ainsi qu'aux nombreux anneaux qu'il portait. C'est à cette époque que lui vint son surnom de Relvinn-aux-Mains-d'Ambre : en effet, on disait que c'était grâce à l'ambre qu'il avait fait fortune, ou bien qu'il était si riche que l'ambre débordait de ses mains, mais certains rappelaient aussi qu'un de ses ongles avait la couleur de l'ambre. Toute cette richesse, il la devait donc au secret de son père, car il n'avait plus jamais touché au trésor des Varègues depuis le jour où il l'avait caché, même si de temps en temps il trouvait un prétexte pour aller vérifier que nul ne l'avait découvert dans la grotte.

CHAPITRE LXVI

Alors Relvinn pensa à la sœur de Tobor, Ilyanaï, qui était repartie vivre chez ses cousins à la mort de son frère. Il savait qu'elle aurait bien continué à vivre sous son toit si les convenances n'avaient pas exigé son départ. Mais à présent que les querelles entre les deux familles étaient apaisées, Relvinn se dit qu'il pourrait la demander à ses cousins. Il se rendit donc chez l'un d'eux, Henrinn à l'Œil, dont le père était le frère de Folgun le joaillier et chez qui vivait Ilyanaï, afin de conclure l'affaire. Mais Henrinn le reçut mal, disant qu'une fois déjà la famille de Relvinn avait cherché alliance dans la sienne et que cela n'avait pas réussi à cette dernière. « En outre, dit Henrinn, ma cousine n'a pas de dot, car nous n'avons plus de bien après ce que tu as exigé de nous en réparation des crimes de Tobor. – Crois-tu que j'aie besoin d'une dot quand je peux me débarrasser de ceci ? » dit Relvinn en jetant sur la table un sac rempli d'ambre et d'anneaux d'argent. Henrinn s'empara du sac en disant qu'il devait réfléchir. Quand Relvinn revint le trouver le lendemain, la réponse de Henrinn à l'Œil était prête : il gardait Ilyanaï et les bijoux.

Quelques jours plus tard, Relvinn s'arrangea pour croiser Ilyanaï sur le marché du village. Il l'aborda en lui disant que sa sœur Fenys manquait de compagnie à présent qu'elle était repartie. Ilyanaï répondit que Fenys pouvait lui rendre visite autant qu'elle le voudrait, puisque aucun de ses cousins ne se risquerait à lever la main sur elle malgré la mort de Tobor. Relvinn dit que cela n'était plus possible car elle avait la charge ménagère de la ferme. En outre, si Ilyanaï venait la voir, elle pourrait rencontrer Knut qui vivait désormais avec eux. La sœur de Tobor répondit à nouveau que Knut pouvait lui rendre visite lui aussi sans rien avoir à craindre de ses cousins. « Sans doute, dit enfin Relvinn, mais moi je ne suis pas populaire dans ta famille. » Ilyanaï dit alors que dans ce cas, c'est elle qui viendrait le voir « si je suis assurée de pouvoir rentrer chez moi après ma visite. – Je ne puis te promettre cette liberté, dit Relvinn. – Il te faudra un lien solide pour me retenir, dit Ilyanaï. – J'en aurai deux, ma parole et un collier d'or. » Ainsi fut fait : un jour Ilyanaï se rendit chez Relvinn à l'insu de sa famille tandis que deux esclaves apportaient en secret ses quelques biens à la ferme, et plus jamais elle ne retourna chez ses cousins après ses épousailles avec le fils de Boran.

CHAPITRE LXVII

Il y avait un homme qui s'appelait Uhran. Son frère était Henrinn à l'Œil, le cousin de Tobor, et il souhaitait épouser la sœur de ce dernier, Ilyanaï. L'annonce de son mariage avec Relvinn lui déplut fortement, si bien qu'un soir il se rendit à sa ferme dans l'intention de reprendre la femme qu'il convoitait et que Relvinn avait volée à sa famille. La nuit tombait quand il approcha du bâtiment principal, et Uhran pensait que personne ne l'avait vu arriver. Mais il se trompait, car Knut était allé soigner les chevaux : en sortant de la grange il aperçut un homme qui rôdait d'une façon qui ne lui inspira pas confiance. Quand l'autre sortit une épée de sous son manteau, Knut rentra dans la grange et alla chercher une fourche. Uhran collait son oreille contre la porte de la ferme pour savoir si ses occupants iraient bientôt dormir, quand Knut arriva sans bruit derrière lui et lui donna un grand coup de fourche : les deux dents de bois entrèrent de chaque côté de ses vertèbres et transpercèrent ses poumons, le clouant presque contre la porte. Alerté par le bruit, Relvinn sortit et trouva Uhran mort sur son seuil, et Knut qui considérait le corps avec mépris. « Un félon qui tire l'épée dans l'obscurité pour frapper sans se faire annoncer ne mérite pas mort plus honorable » dit-il, et Relvinn lui donna raison.

CHAPITRE LXVIII

Le lendemain, Relvinn ordonna de faire rapporter le cadavre d'Uhran chez les siens. Mais il était probable que sa famille exigerait réparation de sa mort et que Knut serait certainement banni, comme lui-même l'avait été des années auparavant. Or Relvinn avait promis à Dyggvi de l'élever comme son fils, si bien qu'il choisit de le laisser en dehors de l'affaire. Quand il se rendit avec de nombreux serviteurs chez Henrinn à l'Œil, il lui présenta le mort « et c'est ainsi que finiront tous ceux qui tenteront de faire couler le sang en tirant l'épée sous mon toit, dit-il. – C'est donc par ta main qu'il a été tué, dit Henrinn. – C'est toi qui l'as dit » répondit Relvinn en faisant mine de rentrer chez lui. Alors Henrinn déclara que pour cette mort d'homme Relvinn devrait lui payer une grande compensation, ce à quoi il lui rétorqua qu'il n'avait qu'à venir à sa ferme pour la réclamer s'il en avait le courage « et de jour si tu préfères sentir la morsure de l'acier plutôt que celle d'une fourche ».

Henrinn fit aussitôt rassembler ses parents pour convenir d'une vengeance après la mort de son frère. Déjà, nombreux étaient les siens qui n'avaient pas accepté la manière dont Relvinn avait exigé d'eux un si lourd prix-du-sang après son duel avec Tobor, même si tous avaient payé. Certains firent remarquer que depuis le départ des Varègues, Relvinn n'était plus aussi puissant qu'il l'avait été, et qu'il ne pourrait plus se permettre de bafouer comme il l'avait fait l'autorité du Maître du Clan. Tous s'accordèrent avec ces propos, convenant de préparer un procès à l'issue duquel leur ennemi perdrait toute sa fortune, si même il n'était pas contraint à quitter le pays. Quant à Ilyanaï, ils verraient si elle préférait le suivre dans sa disgrâce, auquel cas ils n'auraient aucune pitié pour elle, ou si elle choisissait de revenir vers sa famille ; et ce qu'ils feraient d'elle alors, ils en décideraient plus tard.

Le lendemain, Henrinn à l'Œil se rendit donc chez le Maître du Clan pour lui parler de ce qui s'était passé. Il raconta la mort de son frère Uhran, ce pour quoi le Maître accepta de convoquer l'assemblée des hommes libres afin que Relvinn fût jugé. Henrinn lui parla aussi du duel entre Relvinn et Tobor, et de son issue : le vainqueur avait fixé lui-même le montant du prix-du-sang, sans prendre la peine de recueillir l'assentiment du Maître du Clan. Ce dernier avait entendu parler de cette affaire, mais la confirmation qui lui en était faite assombrit passablement son humeur. Il objecta pourtant que Relvinn était devenu un homme puissant dans leur région et qu'il était dangereux d'aller lui chercher querelle. Henrinn répondit qu'il n'avait plus avec lui, comme avant, ses compagnons varègues, et que de toute façon il ne pourrait s'opposer à la décision de l'assemblée sans entraîner sa propre déchéance. Et si le Maître acceptait d'aider les parents d'Uhran, il aurait sa part du prix-du-sang versé par Relvinn. L'assemblée des hommes libres fut donc convoquée le surlendemain.

CHAPITRE LXIX

Quand il arriva à l'assemblée, Relvinn portait ouvertement son épée et tous ses gens l'accompagnaient en armes. On lui en aurait tenu rigueur si tous les parents de Henrinn à l'Œil n'étaient venus, eux aussi, en nombre et fortement armés. Toutefois l'étonnement vint de ce que les compagnons de Relvinn étaient bien plus nombreux que ce que l'on pensait. En effet, il était passé la veille chez chacun des Suédois qui étaient restés en Eklendys et leur avait apporté des sacs remplis d'ambre et d'anneaux, pour qu'ils vinssent le soutenir lors de son procès. Et tous étaient venus, en souvenir de leurs combats communs à Constantinople, avec leurs serviteurs armés. Aussitôt le Maître du Clan rappela qu'un tel déploiement de force ne devait pas entraver le bon déroulement de l'assemblée. Relvinn dit que de son côté, Henrinn avait cru bon lui aussi de s'entourer de sa parentèle, si bien qu'il ne se séparerait de ses compagnons que si son adversaire en faisait autant. Certain de l'emporter, parce qu'il savait que le Maître lui était acquis, Henrinn pria donc les siens de déposer les armes. Relvinn en fit autant ; le procès put débuter.

Henrinn prit d'abord la parole pour dire que son frère Uhran avait été assassiné par Relvinn, qui avait reconnu le meurtre, et que donc il demandait justice. « Peux-tu me dire où ton frère est mort ? demanda Relvinn. – Là où tu l'as tué, dit Henrinn, cela n'y changera rien. – Ton frère est mort dans ma maison, dit Relvinn, car il s'y était introduit de nuit en étranger. – Cela te donnait-il le droit de le tuer ? – Pas s'il était venu seul, en effet, mais il avait une compagne » dit Relvinn en exhibant l'épée du mort, qu'il avait gardée par-devers lui. Il demanda donc à Henrinn s'il reconnaissait l'arme. L'autre en fut contrarié mais admit que c'était bien là l'épée de son frère. Alors le Maître du Clan prit part au débat, disant que c'était le droit de tout homme libre que de porter une arme, et que rien ne prouvait que le mort avait eu l'intention de s'en servir. D'ailleurs, elle ne portait aucune trace de sang ni de bataille. Relvinn dit qu'Uhran avait l'épée en main quand il s'était introduit chez lui, mais Henrinn lui demanda alors s'il avait un témoin de ce qu'il avançait. On alla donc chercher Knut, qui attendait à l'écart car il était encore trop jeune pour participer à l'assemblée.

Le Maître du Clan demanda à Knut de prêter serment aux dieux avant de témoigner, ce que fit le garçon. Henrinn l'interrogea alors pour savoir s'il avait vu Uhran cette nuit-là. Knut répondit que oui. Il dit aussi, quand on le lui demanda, que l'intrus avait bien l'épée en main. Henrinn ne montra rien de sa colère, mais il regretta d'avoir exigé un témoin, car il était clair que Knut parlerait en faveur de Relvinn, et que puisqu'il avait juré, il disait la vérité. Le Maître s'efforça de lui venir en aide, demandant au garçon comment il avait pu voir Uhran. « Je sortais d'une grange, dit Knut. – Alors comment as-tu pu voir le mort, s'il était sous le toit de Relvinn ? – Il était sur le seuil, s'apprêtant à rentrer dans la maison. – Si tu as vu tout cela, tu as vu aussi comment Relvinn l'a tué, dit le Maître du Clan. A-t-il tué Uhran comme un homme qui cherche légitimement à se défendre ? » Knut ne répondit pas, car il avait promis de dire la vérité. S'il parlait, il serait obligé d'avouer son meurtre et l'innocence de Relvinn. Celui-ci comprit ce qui allait arriver ; il prit donc la parole. « Dis ce qui s'est vraiment passé, lui ordonna-t-il. Est-ce bien ma fourche qui a transpercé ce bandit ? – Oui, c'est bien ta fourche qui l'a tué » s'empressa de répondre Knut. Alors on congédia le garçon parce que plus personne n'avait de question à lui poser.

Relvinn était satisfait : l'assemblée paraissait admettre qu'il avait tué le cousin de Tobor dans son bon droit, puisque l'autre avait agi comme un félon. Mais le Maître du Clan n'était pas décidé à en rester là. Il raconta que si Uhran avait agi de cette façon, ce n'était pas pour agir comme un voleur, mais au contraire pour reprendre le bien que lui avait volé Relvinn, à savoir sa cousine Ilyanaï, enlevée sans l'assentiment de sa famille. Relvinn pria donc Henrinn de raconter leur entretien le jour où il était venu le trouver au sujet de la sœur de Tobor, et où ils avaient parlé de sa dot, « et le lendemain tu as gardé le sac de bijoux que je t'avais laissé en plus de la dot de ta cousine, dit Relvinn. – Certes, dit Henrinn, mais je ne t'avais toujours pas permis d'emmener Ilyanaï chez toi. Tu l'as donc enlevée. » Relvinn déclara que pourtant l'acceptation des présents avait valeur d'accord à ses yeux ; il ne convainquit personne. Mais la matinée était passée, on leva l'assemblée pour permettre à tous de se restaurer, et les choses en restèrent là pour le moment.

CHAPITRE LXX

Relvinn se trouvait donc en fâcheuse posture, mais ce qui l'inquiétait surtout était l'insistance du Maître du Clan à vouloir le confondre. Cela ne ressemblait pas à son caractère et il se demanda ce qui pouvait en être la cause. Alors il envoya un esclave chercher le prêtre du village, celui-là même qui avait témoigné contre lui juste avant son bannissement, malgré la sympathie qu'il avait pour lui. C'était à présent un vieil homme, mais nul n'aurait jamais douté de sa parole. Puis Relvinn fit venir le Maître du Clan sous sa tente, disant qu'il avait à lui parler. Le Maître arriva, le prévenant que leurs propos ne devraient pas avoir de rapport avec le meurtre qui était en procès. « Nous ne parlerons pas du procès, dit Relvinn, seulement de ce que t'a offert Henrinn à l'Œil pour que tu prennes son parti. » Le Maître se défendit d'avoir jamais conclu un tel marché. Relvinn lui promit alors, s'il l'aidait à gagner le procès, de doubler l'offre de son ennemi. Le Maître connaissait le caractère parcimonieux de Relvinn et « tu n'irais jamais jusqu'à une somme aussi importante » dit-il, avant de se rendre compte de ce que ses paroles l'avalent trahi. Relvinn tira alors un voile de sa tente, et le prêtre du village se tenait derrière. Il avait tout entendu.

CHAPITRE LXXI

Lorsque le procès reprit, ce fut Relvinn qui prit le premier la parole pour annoncer que le Maître du Clan, présent à ses côtés, pensait que le marché pour la possession d'Ilyanaï était honnête et conforme au droit. En conséquence, la tentative nocturne d'Uhran pour la reprendre était assimilable à du vol, et son meurtre était légitime. Pressé par Relvinn, le Maître approuva ses paroles. Alors Henrinn et ses compagnons se levèrent, à la fois furieux et surpris de ce revirement de fortune. L'un des cousins de Tobor alla jusqu'à demander au Maître pourquoi il ne les soutenait plus ; Relvinn dit que le Maître était libre de soutenir le parti qui lui convenait à condition qu'on y mît le prix « et sans doute ne l'avez-vous pas payé assez cher ». Henrinn demanda comment Relvinn osait tous les insulter de la sorte, ajoutant qu'il devrait être poursuivi aussi pour ces propos diffamants.

Relvinn dit qu'il ne calomniait personne, puisque ses paroles étaient la vérité. Il fit venir le prêtre du village, qui répéta tout ce qu'il avait entendu sous la tente. Comme ce témoignage ne pouvait souffrir aucune contradiction, Relvinn déclara que le procès qu'on lui faisait était nul puisque le principal juge avait été acheté par la partie adverse. En revanche, il ferait lui-même un procès à Henrinn et aux siens parce qu'ils avaient corrompu le Maître du Clan, et à ce dernier parce qu'il avait manqué à son devoir en acceptant une promesse de pot-de-vin. « Je fixerai moi-même le montant du dédommagement qui me revient, dit-il, puisque le Maître n'est plus digne de ce titre, et l'assemblée des hommes libres approuvera. » Le Maître du Clan tenta de renverser la situation une dernière fois, rappelant que Relvinn avait déjà fixé le montant d'un prix-du-sang, à savoir celui de Boran, sans lui en faire part, comme cela se devait cependant. Alors Relvinn répondit que les cousins de Tobor avaient payé sans se plaindre d'abord au Maître, si bien que tout procès était désormais impossible pour cette affaire.

Il était clair pour tous que Relvinn l'avait emporté ce jour-là sur tous ses ennemis, parce que la fortune lui avait souri à nouveau et parce qu'il connaissait le droit mieux que quiconque. Les compagnons de Henrinn à l'Œil devaient s'attendre à payer une compensation qui cette fois les ruinerait totalement. De son côté, le Maître était certain que le procès que Relvinn voulait lui intenter amènerait sa perte. C'est pourquoi, au sortir de l'assemblée, il alla trouver Henrinn et les siens pour leur conseiller de prendre les armes aussitôt : une fois débarrassés de leur ennemi commun, ils pourraient toujours avancer des arguments qu'un mort n'est pas en mesure de contredire.

Tous empoignèrent alors leurs épées et fondirent sur Relvinn et ses gens. Mais ceux-ci repoussèrent l'assaut sans subir trop de pertes. De nombreux esclaves périrent dans chacun des deux camps, puis plusieurs cousins de Tobor, mais les parents et les serviteurs de Henrinn étaient encore les plus nombreux. Alors Knut quitta le champ de bataille pour prévenir les Suédois, partis dès que l'issue du procès s'était avérée favorable à Relvinn. Ils rebroussèrent chemin aussi vite qu'ils le purent, revenant au combat en poussant de grands hurlements qui terrifièrent leurs ennemis. Si terribles étaient leur force et leur art de la guerre que les hommes d'Eklendys cédèrent face à eux, les gens de Henrinn se débandant sans demander leur reste. Finalement, Relvinn et ses compagnons firent un grand carnage dans les rangs adverses, passant au fil de l'épée tous ceux qui leur résistaient et ceux qu'ils pouvaient rattraper dans leur fuite. Henrinn à l'Œil lui-même fut taillé en pièces par les Suédois. Quant au Maître du Clan, il voulait tuer le prêtre qui avait témoigné contre lui avant de s'enfuir, car il n'y aurait ainsi plus de preuve pour l'accuser ; mais Relvinn se dressa sur son chemin, lui assénant un coup de taille si fort qu'il lui coupa un bras et lui ouvrit la poitrine jusqu'à l'os médian. Quand le

Maître tomba mort, il ne restait plus des assaillants que des blessés ou des cadavres gisant au sol.

CHAPITRE LXXII

Dans les jours qui suivirent, Relvinn offrit aux derniers parents de Henrinn un peu d'argent pour rendre leur départ moins difficile, car son autorité était telle désormais que personne ne s'était opposé à lui quand il avait réclamé leur bannissement. Et quand toutes ces familles furent parties, c'en fut terminé de l'histoire de leur longue rivalité avec Boran et ses descendants.

Puis Relvinn dut se rendre une nouvelle fois à Ömbortrum, car après la mort du Maître du Clan, les onze autres chefs des tribus d'Eklendys se réunirent pour lui trouver un successeur. Il avait pris soin de se faire accompagner du prêtre du village, qui avait l'oreille du Maître du Clan sacerdotal. Lors de ce conseil, le prêtre exposa ce qu'il avait appris de la corruption du Maître tué, et raconta comment Relvinn l'avait sauvé alors que le Maître avait voulu obtenir son silence à coups d'épée. Tous estimèrent que la conduite de Relvinn était légitime : on ne le poursuivrait donc pas pour le meurtre du Maître. En revanche, il fallait trouver un successeur à celui-ci à la tête du Clan. Le prêtre demanda alors à s'entretenir avec le Maître du Clan sacerdotal. Il lui conta ce qu'il savait de la vie de Relvinn, lui exposant l'importance qu'il avait à présent dans sa contrée, et même dans les pays étrangers car on parlait de lui jusqu'à Rome et à Constantinople. On ferait donc de lui un Maître de Clan tout à fait acceptable. « Mais n'est-il pas un peu trop subtil pour recevoir une telle autorité ? demanda le Maître du Clan sacerdotal. – Peut-être, répondit le prêtre, mais si vous ne le choisissez pas, le prochain Maître vivra dans son ombre et devra se soumettre à sa volonté. »

Il en alla donc ainsi : Relvinn serait Maître du Clan jusqu'au jour où le fils du Maître précédent serait en âge de succéder à son père défunt. Relvinn accueillit la nouvelle avec étonnement, mais cela ne lui déplut pas. Quand il rentra chez lui, il décida de s'installer dans la ferme fortifiée de son prédécesseur, y amenant vivre sa famille et ses serviteurs. Quant à la famille de l'ancien Maître, elle y vécut également, jusqu'au matin où le fils fut retrouvé mort ; apparemment, il avait avalé sa langue dans son sommeil. Alors Relvinn congédia la veuve et les filles qui restaient après leur avoir racheté la ferme à un prix très convenable. Comme il s'y attendait, les autres Maîtres de Clans ne prirent pas la peine de se réunir pour débattre de son cas. Ce n'est que bien plus tard, lors d'un nouveau conseil à Ömbortrum, que son titre lui fut confirmé jusqu'au jour de sa mort. Après quoi son fils en hériterait, et son petit-fils après lui, et ainsi de suite tant qu'il aurait des héritiers.

CHAPITRE LXXIII

Relvinn eut trois enfants de sa femme : il lui naquit d'abord un fils qu'il nomma Elnö, puis une fille, Heldys. Enfin, il eut un second fils auquel il donna le nom de Jaonn, et qui plus tard fut appelé Jaonn le Borgne. Pendant toutes les années de leur croissance, le commerce de Relvinn continua de prospérer. Il se rendait toujours au pied de la falaise pour ramasser de l'ambre, même s'il ne cachait plus les raisons de ses départs en barque le soir. Knut savait pourquoi il partait mais ignorait où il se rendait, il ne cherchait pas à connaître son secret, de même qu'il acceptait que les fils de Relvinn l'apprissent plus tard, quand ils en auraient l'âge, et pas lui. Pour sa part, Knut convoitait un autre trésor, et celui-là Relvinn le lui céda volontiers quand le temps fut venu : c'est ainsi que Knut épousa Heldys. De son côté, Relvinn taisait toujours ce qu'il était advenu de l'or rapporté de Constantinople. Il allait y jeter un œil quand il le pouvait, par exemple quand il était convié à un conseil des Maîtres de Clan à Ömbortrum. Car à présent plus personne ne songeait à contester la manière par laquelle il était devenu Maître, et tous acceptaient sa justice, qui était aussi impartiale qu'on peut l'imaginer.

CHAPITRE LXXIV

Il y eut un jour où l'un des plus anciens esclaves de Relvinn, et qui avait autrefois servi Boran, voulut prendre pour femme l'une des servantes d'un des Suédois établis dans le pays. Il demanda la permission à son maître, et celui-ci y consentit à condition que le Varègue fût d'accord également. C'est pourquoi l'esclave se rendit à la ferme de ce Suédois, qui s'appelait Björn, pour présenter sa demande. L'ancien serviteur de Boran fut mal reçu car la servante qu'il désirait était l'une des préférées de Björn, une nourrice qui s'occupait de ses enfants les plus jeunes. Il consentit à s'en séparer seulement si on la lui achetait à un bon prix. L'esclave répondit qu'il n'avait pas d'argent, et que son maître refuserait certainement de payer pour lui une servante dont il n'avait pas le besoin. « Alors tu devras renoncer à ton projet » dit Björn, et les choses en restèrent là.

Quand il fut revenu devant son maître, l'esclave lui présenta les exigences du Suédois, et Relvinn dit qu'il ne pouvait accepter : à présent que les années avaient passé, ses propres enfants avaient grandi, ses fils devenaient des hommes et sa fille venait d'être donnée à Knut, si bien qu'il ne souhaitait pas s'encombrer d'une nourrice, « sauf le jour où l'on devra s'occuper des enfants de mes enfants. » L'esclave dit qu'alors il serait lui-même trop vieux pour ce mariage, sinon déjà mort, et qu'il souhaitait ces épousailles sans tarder, pour l'agrément de ses vieux jours. Mais Relvinn resta inflexible, le renvoyant à ses corvées. Le serviteur rumina longtemps ces paroles, se disant qu'il payait d'un trop grand prix sa fidélité à un maître ingrat. Car il était certain que Boran aurait donné l'argent demandé par Björn, ce en quoi il se trompait certainement, mais ce n'était après tout qu'un esclave.

Finalement, il revint trouver Björn. « As-tu la somme que je t'ai demandée ? demanda le Suédois. – Je l'ai maintes et maintes fois, répondit le serviteur, mais ce sera à toi de prendre ton dû comme tu le pourras, car tes mains ne seront pas assez grandes pour tout recueillir. » Björn l'invita à s'expliquer, et l'esclave lui raconta ce qu'il avait vu il y avait à présent bien des années : au retour des Varègues et de Relvinn en Eklendys, juste après la mort de Tobor, il avait surpris au petit matin son maître et trois autres esclaves en train de charger des caisses ferrées sur des chariots. Ces coffres avaient été cachés jusque-là dans la grange, sans doute sous la meule de foin, « et c'était assurément ce trésor que toi et les autres Suédois cherchiez dans toute la contrée ». Le serviteur demandait donc pour prix de ce secret la servante qu'il convoitait. Björn resta silencieux un long moment, puis il donna à l'esclave ce qu'il désirait. Ensuite il prit son cheval et se rendit chez tous les Suédois qui étaient restés dans le pays.

CHAPITRE LXXV

Le lendemain matin, les Suédois accompagnés de leurs gens vinrent frapper à la porte de la ferme fortifiée de Relvinn. Il y avait là une quinzaine des anciens compagnons de Sven Bouche-Tordue, et tous portaient ouvertement les armes. Mais Relvinn étant parti en barque pour ramasser de l'ambre sous la falaise, ils ne trouvèrent que Knut. Comme c'était le fils de Dyggvi, ils choisirent de parlementer plutôt que de se battre, et ils lui racontèrent ce qu'ils savaient. Knut s'assombrit en les entendant, car il comprenait que son père aussi avait été trompé par Relvinn. Il demanda aux Suédois ce qu'ils avaient l'intention de faire. « Nous l'attendrons ici, dit Björn, et le forcerons à parler quand il sera de retour. » D'autres ajoutèrent qu'une fois les coffres retrouvés, Relvinn aurait sa part, mais pas de trésor. Alors Knut leur dit que le père de sa femme serait de retour dans deux jours, et qu'en attendant ils étaient ses hôtes. Après ces paroles, les Suédois furent donc obligés de se comporter convenablement envers lui et les siens, s'installant sans faire de désordre.

Pendant ce temps, Knut alla trouver en secret l'esclave qui avait trahi Relvinn et lui passa son épée en travers du corps. Puis il réfléchit longuement. Les Suédois l'empêcheraient à coup sûr de quitter la ferme, lui, sa femme ou les fils de Relvinn. Quant à ce dernier, il devait rentrer le soir-même, bien que Knut eût donné un délai plus long pour ne pas éveiller trop tôt la vigilance de ses hôtes. En effet, ils avaient parlé de faire le guet sur les murs de la ferme pour observer son retour. De son côté, Knut avait choisi d'aider Relvinn à se sortir de ce mauvais pas, puis de lui réclamer la part de son père du trésor caché. Cela lui semblait un marché honnête. Sans dire les raisons qui motivaient les Suédois, il alla prévenir sa femme et les deux fils de Relvinn du danger que tous couraient, les incitant à la prudence. Pour leur part, Elnö et Jaonn se dirent prêts à se battre s'il le fallait. Knut leur répondit qu'avant tout, ils devraient penser à s'enfuir quand l'occasion se présenterait.

Le soir, Knut monta sur un mur de la ferme pendant que les Suédois festoyaient dans la grande salle. Il attendait le retour de Relvinn. Celui-ci finit par apparaître sur le chemin, conduisant un chariot où il avait entassé plusieurs sacs contenant de l'ambre. Dès qu'il le vit, Knut lui fit de grands signes. L'obscurité de la nuit venait, mais Relvinn l'aperçut : à distance de la ferme il détela son cheval du chariot, l'enfourcha et galopa jusqu'au pied du grand mur. Alors Knut lui raconta que le secret du trésor était connu des Suédois, qui l'attendaient dans ses murs pour lui faire avouer où il l'avait caché. Il lui lança ensuite son épée et son bouclier, ainsi que sa chemise de mailles et son casque. Relvinn revêtit son équipement, demandant si l'ennemi montait la garde à l'entrée de la ferme. Knut dit que oui, mais qu'il pouvait se débarrasser du gardien. Une fois Relvinn entré, Knut donnerait l'alerte à ses gens et tous tenteraient de massacrer les Suédois qui ne s'y attendraient pas. Relvinn fut d'accord ; il se dirigea vers la porte que Knut devait lui ouvrir.

Mais les choses se passèrent différemment de ce à quoi ils s'attendaient. Intrigué de ne pas voir Knut prendre part au repas avec eux, l'un des Suédois partit à sa recherche. Descendu dans la cour de la ferme, il l'entendit parler du haut d'un mur d'enceinte et comprit qu'il s'entretenait avec Relvinn. Quand Knut descendit vers la porte, Björn et ses compagnons l'attendaient de pied ferme. « Tu n'as pas été très courtois envers tes hôtes, dirent-ils. – Quiconque a des puces dans son lit les chasse » répondit Knut en tirant son épée. Aussitôt le combat s'engagea. Knut blessa l'un de ses ennemis à la jambe et enfonça sa lame dans le crâne d'un autre jusqu'à la cervelle, mais ses adversaires étaient trop nombreux pour qu'il pût résister longtemps. Quand enfin la porte de la ferme s'ouvrit, Relvinn ne vit pas le mari de sa fille, mais ses anciens compagnons d'expédition qui lui lançaient des regards moqueurs. « Où est Knut ? demanda-t-il. – En voici une partie » répondit un Suédois en brandissant la tête qu'il venait de trancher sur le cadavre du jeune homme. Alors Relvinn leur demanda ce qu'ils attendaient de lui, et Björn répondit qu'ils voulaient savoir où se trouvait l'or de Constantinople. Relvinn lui demanda pourquoi il croyait qu'il le lui apprendrait, l'autre répondant qu'ils avaient pris sa femme et ses enfants en otage, et qu'il leur obéirait donc en tout. « Soit, dit Relvinn. Dans ce cas, je ne vous dirai pas maintenant où se trouve le trésor, mais dès demain soir vous recevrez les premiers bénéfices de votre entreprise. » Björn lui dit qu'ils consentaient à attendre jusque-là, et Relvinn renouvela sa promesse avant de partir au galop en direction du village.

CHAPITRE LXXVI

Une fois arrivé au village, Relvinn alla réveiller tous les hommes libres en qui il avait confiance, pour leur expliquer que les Suédois, pour une raison qu'il ignorait, s'étaient emparés de sa ferme et de sa famille. En tant que Maître du Clan, il réclamait donc l'aide que les villageois lui devaient. Ils tinrent un conseil secret pour décider de ce qu'ils feraient le lendemain, puis allèrent prendre quelques heures de repos. Au matin, tous se rassemblèrent sur le marché, portant les armes pour certains, pour d'autres des fourches ou des faux. Même le prêtre s'était joint à eux, bien qu'il se refusât à combattre s'il fallait en arriver là. Mais c'était ce qu'avait choisi Relvinn, encore que d'une façon à laquelle les Suédois ne s'attendaient pas. En effet, il y avait là de nombreux hommes, mais leur vigueur n'était pas de taille à se mesurer directement à celle des Varègues et de leurs gens.

Ce jour-là, les villageois menés par Relvinn se rendirent dans cinq des fermes des Suédois. Là, ils entreprirent de mettre le feu à tous les bâtiments et de tuer tous les animaux et tous les esclaves qu'ils trouveraient. De même, ils abattaient quiconque se mettait en travers de leur chemin. Une fois la première ferme détruite, Relvinn fit venir à lui la famille du Suédois qui y habitait, et « qu'on leur incise le dos entre les côtes pour étaler leurs poumons au grand soleil » dit-il. Mais le prêtre s'y opposa, affirmant que l'Aigle de Sang ne s'était plus vu en Eklendys depuis les jours des pères de leurs grands-pères, et que les dieux n'accepteraient plus ce genre de sacrifice. Alors Relvinn céda et fit emmener ses prisonniers jusqu'à la ferme suivante, qu'ils détruisirent entièrement de même que toutes les autres ensuite.

Le soir venu, les Suédois qui faisaient le guet sur les murs de la ferme de Relvinn virent arriver un chariot contenant des sacs, tiré par un esclave. Ils se réjouirent en se disant que Relvinn commençait à payer la rançon qu'ils attendaient de lui, conformément à sa parole. « Il n'aura pas eu le cœur de venir nous apporter cet or en personne, se dirent-ils, voilà pourquoi il nous envoie un de ses serviteurs. » Tous se rendirent à la porte pour accueillir le premier arrivage. L'esclave déposa devant eux cinq gros sacs, et ils les ouvrirent avidement. Mais plusieurs des Suédois poussèrent de grands cris en voyant leur contenu, car ils ne recelaient aucun trésor : Relvinn y avait fait mettre les têtes de tous les membres des cinq familles dont il avait détruit les fermes dans la journée. « Mon maître se propose de vous livrer cinq autres sacs de même nature dès demain soir si vous ne vous rendez pas à lui » dit l'esclave. Alors ceux qui étaient près de lui le taillèrent en pièces pour ces paroles.

Les cinq Suédois qui avaient reconnu dans les sacs les têtes de leurs femmes et de leurs enfants firent venir leurs chevaux et leurs serviteurs, bien décidés à retrouver Relvinn pour lui faire payer les crimes qu'il venait de commettre. Mais Björn tenta de les en dissuader, disant que cela ne leur servirait à rien puisque s'ils le tuaient, ils ne pourraient plus savoir où était caché l'or. « Si lui ne peut plus le dire, répondirent-ils, sa famille le pourra. » Ils quittèrent donc la ferme malgré les protestations de Björn, ainsi que deux Suédois désireux de rentrer chez eux pour protéger leur famille. Mais quand ils arrivèrent dans le bois qui les séparait du village, leurs chevaux se cabrèrent parce qu'un filet venait d'être dressé sur leur chemin : aussitôt des flèches sifflèrent depuis le haut des arbres et nombreux furent ceux qui tombèrent morts dans cette embuscade. Les hommes de Relvinn sortirent alors des fourrés pour combattre ceux qui le pouvaient encore. Plusieurs des villageois furent tués, ainsi que quelques esclaves, mais tous les gens des Suédois y perdirent la vie. De nouveau, Relvinn fit couper les têtes de ses sept ennemis morts ; un cavalier les emporta dans un sac qu'il jeta contre la porte de la ferme fortifiée avant de s'enfuir.

Relvinn laissa une garde autour du village et tous prirent du repos avant d'aller brûler de nouvelles fermes. Le prêtre lui dit alors qu'il avait deviné juste en pensant que des Suédois quitteraient les autres pour aller se venger : « C'est ce que tout homme aurait fait en pareil cas, dit Relvinn. – Et que ferais-tu, toi, si l'on t'envoyait les têtes des tiens dans un sac ? – J'aurais pitié de celui qui a fait cela » dit Relvinn d'un ton menaçant. Puis il alla se coucher comme les autres mais il ne trouva pas le sommeil, repensant longuement à ce que le prêtre lui avait laissé entendre.

CHAPITRE LXXVII

Après le départ de sept de ses compagnons et de leurs hommes, Björn se montra contrarié. Cela le privait d'une grande partie de ses forces car ils n'étaient plus désormais que huit Suédois, sans compter leurs serviteurs, à monter la garde dans la ferme. Quand on vint lui apporter dans la nuit le sac qui avait été lancé contre la porte et qu'il vit les nouvelles têtes qui s'y trouvaient, il commença à douter de pouvoir réussir. Il était certain maintenant que Relvinn mettrait ses menaces à exécution, et alors quelles seraient les têtes qu'on leur apporterait au soleil couchant ? Björn réunit ses compagnons pour décider de ce qu'ils devaient faire. L'un des Suédois rappela les paroles qui avaient été prononcées quelques heures plus tôt : la famille de Relvinn devait bien savoir où se trouvait l'or ; il suffirait de la faire parler. Tous les autres approuvèrent.

La première que l'on put trouver fut Ilyanaï, la femme de Relvinn. Les Suédois la ligotèrent sur un fauteuil et la soumirent à la question, mais elle ne leur dit rien de l'emplacement du trésor. Au contraire, elle prétendait qu'elle en ignorait tout. Personne ne voulut la croire et on la tortura de nouveau, si bien qu'elle mourut sans avoir rien révélé. « Cette femme était la sœur de Tobor, se dirent les Suédois. Il est probable que Relvinn n'aura rien accepté de lui confier. » Alors ils firent venir Fenys, la sœur de leur ennemi, recommençant leurs tortures sur elle. Mais elle ne prononça aucune parole, gardant les dents serrées tout le temps qu'on la tourmentait. Finalement, alors qu'un Suédois faisait mine de vouloir lui enfoncer un poignard dans le cœur, elle se porta brusquement en avant, les privant de toute réponse. « C'était une forte femme, dirent-ils, mais les fils de Relvinn n'auront pas la même force de caractère. » Pourtant, quand on attacha Elnö, le fils aîné, dans le fauteuil, il ne laissa échapper aucun cri tout le temps qu'on le torturait. Comme les Suédois le pressaient de questions, il dit : « C'est mal connaître mon père que de penser qu'il aurait partagé un tel secret, fût-ce avec les siens. » Alors les tortures recommencèrent et il mourut à son tour, sans rien dire de plus.

Quand on fit venir le fils cadet, Jaonn, pour lui faire subir le même sort, Björn comprit que les paroles d'Elnö contenaient la vérité. Il se rappelait parfaitement le tempérament de Relvinn pendant leur voyage à Byzance, de même que les mystères qui entouraient encore certaines de ses aventures : il était capable de garder le silence pendant toute une semaine ; il était alors possible qu'il eût gardé pour lui tout ce qui concernait le trésor. À côté de lui, Jaonn venait de perdre un œil sans desserrer la mâchoire, et Björn comprit que de nouvelles tortures seraient vaines. Il fit relâcher Jaonn, que l'on enferma de nouveau avec sa sœur, la veuve de Knut. « Pourquoi ne pas continuer avec ces deux-là ? demandèrent ses compagnons. – Parce que nous pouvons tuer toute la famille de Relvinn et nous ne ferons de mal qu'à un seul homme, dit Björn. Tandis que Relvinn, tant qu'il est dehors, peut tuer assez des nôtres pour nous faire du mal à tous. » Voyant son découragement, les autres Suédois exprimèrent bruyamment leur colère. Pour se calmer, ils allèrent tuer de nombreuses gens de la maison de Relvinn. Björn les rappela finalement à lui et leur dit que le mieux pour eux était de se rendre « mais pas comme l'entend Relvinn », et il leur exposa son plan.

CHAPITRE LXXVIII

Relvinn et ses hommes venaient de brûler une nouvelle ferme et de passer tous ses occupants au fil de l'épée quand un messager arriva du village : un émissaire avait été envoyé par les Suédois pour signifier qu'ils se rendaient. Ils étaient disposés à considérer Relvinn libre de jouir pleinement du trésor, ils renonçaient à lui infliger de nouvelles pertes de même qu'il les laisserait rentrer en Suède sans subir de préjudice, et ils déposeraient leurs armes devant sa ferme fortifiée au plus tard quand le soleil serait à midi. Ce fut une grande joie pour tous les villageois et un réconfort certain pour Relvinn. Il ordonna à ses hommes de le suivre jusque chez lui, après quoi il promit de les récompenser pour l'aide qu'ils lui avaient apportée. Certains de ses compagnons se réjouirent à cette nouvelle car on savait déjà que Relvinn était très riche, mais comme on n'avait encore rien su du trésor dont parlaient les Suédois, certains espéraient déjà que cette richesse nouvelle leur serait distribuée en juste récompense de leurs efforts. C'est pourquoi ils pressèrent le pas pour se rendre avant midi à la ferme.

CHAPITRE LXXIX

De leur côté, les Suédois s'étaient préparés à cette arrivée. Ils avaient dissimulé plusieurs de leurs hommes dans la cour de la ferme en leur donnant l'ordre de tuer tout ennemi qui y entrerait. Quant aux gens et à la famille de Relvinn, ils les avaient enfermés dans une grange pour plus de sécurité. Eux-mêmes avaient revêtus leurs grands manteaux de voyage, sous lesquels ils avaient glissé une seconde épée. Trois des Suédois avaient aussi habillé de leurs manteaux trois de leurs serviteurs pour tenir leur place parmi ceux qui se rendaient, puis ils s'étaient installés sur les toits de la ferme avec leurs arcs et de nombreuses flèches. Björn savait qu'il risquait beaucoup avec ce plan, mais c'était sa dernière chance.

Un peu avant midi, on signala l'arrivée de Relvinn et de ses hommes. Avec eux étaient venus de nombreux autres villageois, dont des femmes et beaucoup d'enfants, attirés par l'annonce d'un trésor. Tous ces gens espéraient en voir quelque chose quand les Suédois se rendraient. Relvinn arriva devant la porte de la ferme, qui était ouverte, et il attendit sur son cheval. Tous ses hommes étaient disposés autour de lui. Alors Björn s'avança, suivi de ses compagnons et de quelques-uns de ses gens. Tous ensemble, ils ôtèrent l'épée qu'ils portaient à leur ceinture et la jetèrent aux pieds du cheval de leur ennemi. « Si tu es là, dirent-ils, c'est que tu as accepté notre marché et que tu nous laisseras rentrer libres en Suède. – Cela dépendra de vous, dit Relvinn. Où sont donc les miens, que je ne vois pas avec vous ? » Les Suédois répondirent qu'ils étaient enfermés à l'intérieur de la grange, mais que ses hommes pouvaient aller les libérer s'il le voulait. Relvinn dépêcha donc six des villageois dans la ferme. Mais comme ceux-ci pénétraient dans la cour, les gens de Björn sortirent de leurs cachettes et les égorgèrent sans bruit.

Pendant ce temps, Relvinn se pencha en avant pour scruter du regard trois des Suédois qui se tenaient devant lui : « Je ne reconnais pas là les compagnons qui sont revenus avec moi de Constantinople, dit-il. – Tu as raison, dit Björn, car ceux que tu cherches sont ailleurs. » Et il tendit le bras vers les toits de la ferme, où les Suédois qui attendaient avec leurs arcs se redressèrent et mirent Relvinn en joue. Aussitôt les autres sortirent des épées de sous leurs grands manteaux avant de se jeter sur leurs ennemis. Il y eut un moment de stupeur parmi les villageois, et plusieurs tombèrent morts avant d'avoir pu esquisser le moindre geste de défense. Quant aux archers, ils lâchèrent leurs flèches sur Relvinn, qui tourna bride et s'enfuit pour se mettre hors de portée. Pendant ce temps, les serviteurs des Suédois étaient sortis de la ferme, continuant de semer la panique dans les rangs adverses. Femmes et enfants rentrèrent au village en courant, mais les hommes se regroupèrent pour combattre. Alors Björn leur dit de se rendre car il ne voulait pas leur mort, contrairement à Relvinn. Il dit aussi que jamais leur maître ne consentirait à leur donner la part du trésor qu'ils méritaient, si bien que de nombreux villageois fléchirent. Ce fut le prêtre qui reçut les promesses des deux camps : les gens du village n'auraient rien à craindre des Suédois, mais en contrepartie ils n'agiraient pas contre eux ni n'entraveraient leurs efforts pour mettre la main sur Relvinn.

CHAPITRE LXXX

Les villageois rentrèrent chez eux. De leur côté, les Suédois laissèrent quelques-uns de leurs gens pour garder la ferme et veiller sur les enfants de Relvinn, qui restaient leurs prisonniers. Pendant ce temps, ils avaient monté leurs chevaux et s'étaient lancés à la poursuite de leur ennemi. Après la bataille, on avait retrouvé des traces de sang là où s'était tenu Relvinn, et l'on en déduisit qu'il avait été blessé par l'une des flèches. Cela rendit espoir à ses poursuivants. Suivant la piste du cheval de Relvinn, ils virent de nombreuses autres traces de sang, ce qui laissait penser à une blessure sérieuse. Puis enfin ils aperçurent au bord du chemin la carcasse du cheval qu'ils poursuivaient. La bête était à l'agonie : deux flèches étaient plantées dans son cou. Relvinn avait poursuivi la route à pied, vraisemblablement en direction de son ancienne ferme. Suivant le sentier, Björn vit de nouvelles traces de sang, plus petites, et il pensa que Relvinn aussi avait senti l'adresse des archers varègues.

Enfin ils arrivèrent à la ferme que Relvinn avait quittée plusieurs années auparavant. Plus personne n'y vivait, même si ses gens y venaient toujours nombreux pour travailler à son commerce d'ambre. Mais ce jour-là, il n'y avait pas trace de vie en cet endroit. Pourtant les Suédois descendirent de cheval et avancèrent prudemment en direction des bâtiments. Comme aucune trace de Relvinn n'était plus visible, Björn l'appela et l'invita à se rendre, promettant de lui laisser la vie sauve s'il disait où était le trésor. Il n'y eut pas de réponse. Comme ils allaient entrer à l'intérieur des bâtiments, l'un des Suédois objecta que cela pouvait être dangereux si Relvinn s'y tenait caché. Alors ils allumèrent des torches et mirent le feu à la ferme en maintenant leur guet. Les flammes détruisirent tout ce qui pouvait l'être ; mais Relvinn ne se montra pas. Les Suédois pensèrent donc qu'il avait préféré mourir dans sa cachette plutôt que d'avoir à se rendre. « Il est mort sans un cri, dit l'un des guerriers. – Sans un cri, et sans révéler l'emplacement de l'or » ajouta Björn.

CHAPITRE LXXXI

Alors les Suédois regagnèrent leurs demeures, et parmi eux celui dont la ferme avait brûlé le matin même à cause de Relvinn, et qui retrouva les siens morts. Il revint à la ferme fortifiée pour s'y venger, mais Björn y était déjà, installant sa famille à la place de celle de leur ennemi. Comme l'autre voulait éventrer les enfants de Relvinn, Björn s'y opposa, disant qu'il avait d'autres projets pour eux. En effet, ils venaient déjà de tuer le Maître du Clan, et les villageois ne leur pardonneraient pas en plus le meurtre de ses enfants. « Or nous avons besoin de rester encore ici, le temps de savoir où Relvinn a conduit les chariots qui transportaient les caisses ferrées. » Le Suédois se rangea tant bien que mal à ces arguments, et il passa la nuit à la ferme puisqu'il n'avait plus nulle part où aller. Quant à Björn, il alla annoncer à Jaonn le Borgne et à Heldys la mort de leur père, dans l'espoir que cela leur délierait la langue s'ils connaissaient l'emplacement de l'or ; en vain.

CHAPITRE LXXXII

Cette nuit-là, chez le Suédois qui s'appelait Ottar, toute la maisonnée s'était endormie quand un coup retentit contre la porte. On alluma des torches et l'on prit les armes, mais il n'y avait personne dans la cour quand on y regarda. Ottar s'avança avec ses trois fils, faisant le tour des bâtiments en espérant trouver des traces qui auraient permis de découvrir l'origine de ce bruit, sans succès. C'est alors qu'à leur retour ils trouvèrent sur le seuil de leur maison un collier : c'était une pierre d'ambre enchâssée dans une griffe de fer. Ottar trembla, car il avait toujours vu ce pendentif au cou de Relvinn. « Serait-il encore en vie ? demanda l'un de ses fils. – Peut-être, mais peut-être que non, dit son père. On dit que les morts ont parfois du mal à trouver le sommeil, dans ce pays. – Dans ce cas, dit un autre des fils, nos armes auront du mal à mordre ses chairs si nous le retrouvons. »

Quand ils entrèrent dans la maison, ils virent que nombre de leurs serviteurs gisaient sur le sol, tués à coups d'épées. Ottar dit que les esprits ne se servaient pas d'une telle arme pour se venger des vivants, mais ses fils répondirent que seul un démon avait pu tuer ainsi autant de leurs esclaves. Mais à l'autre bout de la grande salle, ils virent que Relvinn les attendait, les yeux injectés de sang et le visage déformé par la colère, comme s'il était devenu un guerrier fauve. Il portait un bandage sur le bras gauche, là où une flèche l'avait atteint dans la journée, et il grondait plus fort qu'un loup. Le plus jeune fils d'Ottar, qui avait à peine l'âge de porter les armes, s'enfuit en courant, mais son père et ses deux frères se préparèrent à l'affrontement. Relvinn bondit sur eux : d'un coup de son petit bouclier il déséquilibra l'un des fils tandis qu'il portait un coup d'épée mortel au ventre du second. Puis il esquiva l'attaque d'Ottar, mais cela le fit rouler sur le sol. Le Suédois et son dernier fils s'approchèrent de lui, chacun d'un côté. Alors Relvinn lâcha son arme et sauta à la gorge du garçon, l'agrippant aux épaules de manière à le faire pivoter autour de lui. Aussitôt il sentit une pointe mordre ses côtes : c'était l'extrémité de l'épée d'Ottar qui avait traversé le corps de son fils. La blessure de Relvinn était superficielle. Comme le Suédois restait horrifié par ce qu'il venait de faire à cause de la ruse de son adversaire, Relvinn ramassa son épée et lui ouvrit le crâne en deux. Alors il reprit son collier laissé sur le seuil de la ferme et s'enfuit dans la nuit.

CHAPITRE LXXXIII

Au matin, le plus jeune fils d'Ottar vint annoncer à Björn que Relvinn n'était pas mort, et qu'il avait tué les siens. Le Suédois comprit que la piste de leur ennemi les avait conduits à son ancienne ferme, mais que Relvinn s'en était enfui aussitôt, se jouant d'eux une nouvelle fois. « Voilà qui est fâcheux pour nous, dit Björn. – Moins que pour mon père et mes deux frères » dit le garçon. Alors Björn alla chercher, dans une cassette où Relvinn conservait quelques richesses, de quoi offrir au fils d'Ottar un prix-du-sang convenable « en attendant une plus large réparation, quand nous aurons retrouvé le trésor ».

Puis les sept Suédois restants tinrent conseil sur la manière de se débarrasser de Relvinn, qui était devenu aussi dangereux qu'une bête sauvage. Ils décidèrent qu'avant tout, ils devraient maintenir une garde particulièrement vigilante autour de leurs maisons dès la tombée de la nuit, et qu'il fallait se munir d'arcs pour tirer sur Relvinn tant qu'il n'était pas trop proche, car c'était un ennemi redoutable au corps à corps. De fait, les Suédois ne dormirent plus que d'un œil tandis que leurs serviteurs faisaient ostensiblement le guet, si bien que plus aucune attaque ne fut à déplorer au cours des nuits suivantes. Il restait encore à trouver un moyen de capturer Relvinn. Les Suédois élaborèrent maints stratagèmes, ils allèrent jusqu'à en mettre quelques-uns en place, mais sans succès. Relvinn demeurait introuvable. Certains commençaient à penser que l'être qui avait tué Ottar était l'esprit de Relvinn, mort brûlé dans sa ferme et depuis retourné au sommeil ; les autres espéraient qu'après cette dernière attaque Relvinn avait quitté le pays sans pouvoir accomplir plus avant sa vengeance. Les plus optimistes se disaient même qu'un jour, en retrouvant l'or de Constantinople, ils trouveraient avec le cadavre de Relvinn venu mourir sur son trésor.

CHAPITRE LXXXIV

Quand un mois fut passé, les Suédois allégèrent la garde autour de leurs fermes. Björn, quant à lui, avait d'autres préoccupations. Depuis la disparition de Relvinn, il n'y avait plus de Maître du Clan dans la contrée et le conseil ne s'était pas encore réuni à Ömbortrum pour lui trouver un successeur. Si Relvinn était bel et bien mort, le titre aurait dû passer à son dernier fils vivant, Jaonn. Mais Björn ne voulait pas de cette solution, car celui-là ne pourrait rester son prisonnier jusqu'à sa mort, et il se vengerait de lui s'il devenait un jour le nouveau Maître. Björn ne voulait pas le tuer non plus, car la lutte pour retrouver le trésor avait fait assez de morts à son goût. Il fit venir le prêtre du village pour lui demander qui hériterait du titre si Jaonn mourait. Le prêtre répondit que ce serait au conseil des onze autres Maîtres de Clan d'en décider, puisque Heldys, la sœur de Jaonn, n'avait plus de mari. « Son mari aurait-il pu hériter du titre à la mort de Jaonn ? demanda Björn. – Il en aurait hérité dès la mort d'Elnö, dit le prêtre, puisque sa femme Heldys était le deuxième enfant de Relvinn et Jaonn seulement le troisième. » C'était une loi que le Suédois ignorait jusque-là ; et il fut heureux de cette nouvelle, car ainsi il n'avait plus besoin de tuer le dernier fils de Relvinn.

C'est ainsi que le lendemain, Björn fit annoncer partout que son propre fils épouserait Heldys, la fille de Relvinn, et qu'il deviendrait le nouveau Maître du Clan. Tous les Suédois se réjouirent à cette nouvelle, de même que les villageois, heureux de voir se terminer la querelle par l'union de la famille de leur Maître disparu et de celle de ces gens venus du nord. La noce devait avoir lieu à la ferme fortifiée, où étaient invités tous les compagnons de Björn et leurs gens. Pour l'occasion, on sortit Heldys de la grange où elle était restée enfermée tous ces jours et on lui trouva une robe de circonstance. Quant à Jaonn le Borgne, on le laissa sortir lui aussi, mais en le surveillant d'étroite façon. De fait, il était aisé de s'assurer de son innocuité, car sa blessure à l'œil le faisait toujours trop souffrir pour qu'il pût penser déjà à vouloir se venger. Après le mariage, à la nouvelle lune, les Suédois se rendirent à la grande salle où les attendait un riche festin.

CHAPITRE LXXXV

L'annonce de ces épousailles avait été faite de façon qu'on l'apprît jusque dans tous les villages voisins, et Relvinn, qui vivait en secret dans une hutte dans la forêt, avait fini par en avoir l'écho. Il est probable qu'à cette époque il n'avait plus toute sa tête, depuis qu'il avait à nouveau été chassé de chez lui. Il savait que Knut était mort, et depuis il avait appris les meurtres de sa sœur, de son fils et de sa femme, si bien qu'il était devenu fou de colère. Parfois, dans la forêt, il sortait de sa hutte à la nuit tombée pour se battre contre de grands arbres, qu'il entaillait à coups d'épées en poussant de grands hurlements. Les paysans qui vivaient à proximité pensaient qu'une bête sauvage avait élu domicile dans la forêt toute proche, et aucun d'entre eux n'aurait osé y pénétrer après le coucher du soleil. À d'autres moments, Relvinn retrouvait sa lucidité. C'est alors qu'il composa cette strophe :

> 11. *La couche du dragon*
> *Est tombée de mes mains,*
> *Le serpent des poitrails*
> *N'a pu y remédier.*
> *Je n'ai plus de mon ambre*
> *Que la fin de mon doigt*
> *Et l'on occit les miens.*
> *Quand donc viendra vengeance ?*

L'annonce des noces de sa fille provoqua chez lui une fureur nouvelle. Relvinn était bien décidé à se rendre à ce mariage, pour tuer le fils de Björn et peut-être même se venger de tous les Suédois qui seraient à coup sûr rassemblés pour l'occasion. Il voulait tous les défier à lui seul, mais il n'en avait plus cure dans son état.

CHAPITRE LXXXVI

Le soir du banquet, Relvinn se rendit en secret à la ferme fortifiée où travaillaient encore ses anciens serviteurs. Il en vit venir un dans la cour et se révéla à lui, lui ordonnant de lui donner ses vêtements. L'autre obéit tandis que son maître laissait son épée contre la grande porte, ne gardant qu'un poignard, et Relvinn rabattit son bonnet sur son visage en allant se mêler aux autres esclaves. Depuis qu'il s'était enfui en forêt, sa barbe l'avait rendu méconnaissable si l'on n'y prêtait pas attention, ce qui lui permit d'accéder à la grande salle sans être arrêté. Comme Björn avait fait préparer des plats en abondance, il en prit un sur son épaule : c'était un faisan, dont les plumes lui masquèrent encore un temps le visage. Une fois le plat déposé sur la table du banquet, Relvinn resta un instant à l'écart pour observer comment étaient assis les convives.

De son côté, à la table haute, Björn jeta un regard sur les personnes présentes dans la salle. Il y avait de nombreux serviteurs, quelques villageois conviés pour leurs talents de musiciens, et des acrobates venus d'Ömbortrum. Tous les Suédois étaient présents, arborant chacun son épée, comme Björn l'avait vérifié. En effet, il se doutait que si Relvinn était encore vivant, il se manifesterait assurément lors de cette noce. C'était pour cela qu'il l'avait fait annoncer à bien des lieues à la ronde, et à présent il restait très vigilant. Ses compagnons étaient avertis eux aussi, mais rien ne s'était produit en présence du prêtre au moment du rituel, si bien qu'ils ne pensaient plus que Relvinn apparaîtrait maintenant que le mariage était conclu. Mais Björn était d'un autre avis.

C'est alors qu'il remarqua un serviteur qui restait à l'écart de l'agitation des autres, sans prendre part au travail. Cela lui parut suspect, si bien qu'il se leva pour mieux le dévisager, car l'autre portait un bonnet qui empêchait de le reconnaître. Alors Björn comprit que c'était Relvinn et il cria son nom à tous les convives. Bien que surpris, les Suédois se levèrent de leurs bancs en tirant l'épée. De son côté, Relvinn n'avait pas eu le temps d'approcher du fils de Björn pour l'égorger et il devait remettre son projet à plus tard. Il profita donc de l'étonnement du Suédois qui était assis devant lui pour lui couper la gorge au moment où celui-ci se levait, et pour quitter la salle avant que tous ne fussent sur lui. En effet, il n'avait qu'un poignard pour se défendre, son épée l'attendait dans la cour de la ferme. En quelques enjambées il la retrouva là où il l'avait laissée, se retournant pour faire face à ses adversaires. Les premiers étaient descendus dans la cour pour l'affronter quand il remarqua qu'un autre, le seul à avoir eu cette idée, avait apporté son arc et le tenait en joue depuis la fenêtre de la grande salle. Aussitôt Relvinn fit voler son épée dans sa direction : la lame se planta dans son ventre juste quand il lâchait sa flèche, qui manqua sa cible.

Se retrouvant de nouveau avec son seul poignard, Relvinn remit à plus tard sa vengeance et s'enfuit à pied par la porte. Les autres s'élancèrent à sa poursuite sans prendre le temps de seller leurs chevaux. Les deux Suédois qui couraient en tête des autres étaient deux frères, les plus rapides des anciens compagnons de Sven Bouche-Tordue, mais pas autant que Relvinn, à présent hors d'atteinte. Car il avait désormais l'habitude de courir, tant on l'avait poursuivi ces derniers temps. Mais il se produisit que l'un de ses lacets se défit et que Relvinn se prit les pieds dedans et tomba. La chute l'avait presque assommé. En quelques pas, l'un de ses poursuivant fut sur lui et il n'eut que le temps de se retourner : l'autre voulut lui mettre son épée sous la gorge, alors Relvinn lui porta un coup de poignard au ventre, puis un second, très rapide, dans le cœur. Le Suédois tomba mort sur lui. Relvinn se dégageait du cadavre quand son frère arriva et comprit ce qui s'était passé. En proie à la colère, il planta son épée dans la poitrine de Relvinn.

Dans le même moment, Björn arriva sur son cheval car il

savait qu'il ne rattraperait jamais Relvinn à pied. « Tu viens de le tuer ! dit-il au Suédois qui se tenait au-dessus du corps de leur ennemi. – J'ai vengé mon frère » dit l'autre. Alors Björn rétorqua que sa vengeance venait sans doute de lui coûter le prix-du-sang qu'il aurait pu exiger de Relvinn en le forçant à avouer l'emplacement du trésor. Quand Björn se pencha sur lui, Relvinn respirait encore. Il lui demanda où était l'or, « car à présent tu n'en auras plus jamais la jouissance ». Mais Relvinn garda son dernier souffle pour déclamer une strophe :

> 12. *La Mangeuse du Jour*
> *A la main dure et froide,*
> *Mais pas même sa Loi*
> *Ne prendra mes secrets*
> *De la pierre aux bijoux*
> *Et du feu de la mer :*
> *Ils resteront cachés*
> *Dans l'oubli de ma tombe.*

Alors Relvinn mourut. Björn sut que le trésor de Constantinople resterait à jamais hors de sa portée, de même que le gisement de l'ambre. Il s'en revint à la ferme sans dire un mot avec ses derniers compagnons, qui n'étaient plus que trois, tandis que des serviteurs ramenaient le corps de Relvinn dans son ancienne demeure. Comme il était devenu son parent par le mariage de son fils avec Heldys, Björn lui fit faire des funérailles dignes d'un Maître de Clan, et surtout du guerrier redoutable qu'il avait été toute sa vie.

CHAPITRE LXXXVII

Par la suite, Björn et son fils prirent possession de tous les biens de la famille de Relvinn et continuèrent un temps son commerce de l'ambre. Les anciens serviteurs de Relvinn travaillaient comme ils l'avaient fait jadis, mais pour de nouveaux maîtres et surtout pour Heldys, qu'ils tenaient en grande estime. Bientôt, pourtant, l'ambre vint à manquer. Les derniers sacs que Relvinn avait rapportés avant de trouver sa ferme envahie par les Suédois étaient vides ; il fallait trouver un endroit où aller ramasser des pierres. Björn en chargea ses esclaves, mais ils ne s'aventurèrent jamais jusqu'à la falaise où Boran avait fait sa découverte. L'ambre qu'ils rapportèrent d'autres plages fut mis en vente, mais les clients habituels de Relvinn s'en détournèrent assez vite, car il n'avait plus la qualité d'autrefois. Finalement, Björn renonça à poursuivre ce commerce, préférant revenir au marché des peaux.

Quelques années plus tard, comme il arrive souvent sur les rivages de la mer, la falaise surplombant la plage s'affaissa sous les assauts des vagues, si bien que l'ambre fut inaccessible pour maintes vies d'hommes ; on dit qu'aujourd'hui encore les gravats et les rochers qui le recouvrent en rendent l'accès impossible. Quant au trésor, il est vraisemblable qu'il dort toujours dans sa grotte, à l'ombre des ormes.

CHAPITRE LXXXVIII

Heldys, la fille de Relvinn, fut donc mariée au fils de Björn, qui s'appelait Einar. Elle pleura beaucoup son père quand on ramena son corps à la ferme, et refusa de partager la couche de son mari cette nuit-là, prétextant le deuil qu'elle voulait s'imposer. Einar était un homme assez faible, et il se plia à sa volonté. Plus tard, quand il voulut jouir d'elle, elle s'arrangeait toujours pour ne pas en avoir d'enfant. Un jour que son mari lui demandait pourquoi elle se réjouissait de ne pas avoir de descendance, Heldys répondit : « Je suis la fille de Relvinn, et je ne veux pas qu'un jour mes enfants puissent me le reprocher. » Einar ne comprit pas ce que ces paroles signifiaient. Il ne répondit pas, continuant par la suite à faire selon sa volonté à elle en ce qui concernait les affaires domestiques. Pour tout le reste, à commencer par ses responsabilités de Maître du Clan, il s'en remettait à la sagesse de son père Björn, qu'il voyait tous les jours. Pourtant, justement pour laisser croire que son fils était maître de ses décisions, Björn avait choisi de quitter la ferme fortifiée et de retourner dans son ancienne demeure.

Quant à Jaonn le Borgne, le dernier fils de Relvinn, il vivait dans l'ombre de sa sœur. On disait que la perte de son œil avait aussi entraîné une perte de sa raison, alors que la tradition prétend que les borgnes gagnent en contrepartie la clairvoyance. Mais Jaonn ne parlait plus guère. Au début, c'était la souffrance due à sa blessure qui l'avait privé de la parole, puis l'annonce de la mort de Relvinn, si bien que nombreux étaient ceux qui n'entendaient pas un son sortir de sa bouche pendant des mois. Pour le reste, son esprit était apparemment malade. Il ne quittait plus sa sœur, qui veillait sur lui comme s'il avait été son enfant. Parfois, aux banquets, il s'asseyait à ses pieds comme s'il avait été son chien et tous les convives riaient de lui. Alors il riait à son tour, et l'un des Suédois finissait toujours par lui jeter un morceau de viande. Einar avait fini par accepter sous son toit la présence de Jaonn, imposée par son épouse. De son côté, Björn était heureux de le savoir dans cet état, car c'était un danger de moins pour lui et pour son fils : jamais un simple d'esprit comme Jaonn ne chercherait à venger Relvinn.

CHAPITRE LXXXIX

Deux années étaient passées depuis la mort de leur père quand Heldys s'enferma dans sa chambre avec Jaonn. Elle lui dit que bientôt Björn allait convier son fils et les derniers Suédois à un banquet dans sa ferme, et que c'était là l'occasion qu'ils attendaient. Jaonn répondit qu'en effet, il en avait assez de jouer la comédie avec les meurtriers de leur père. Il lui dit aussi que, dans le plus grand secret, il s'était exercé à l'épée pendant toute une saison, et qu'à présent il était capable de se battre aussi bien que quiconque avait encore deux yeux. Jaonn s'entraînait avec un ancien serviteur de Relvinn, gardé par Einar pour s'occuper de la ferme, qu'il avait mis dans le secret. Pour tous les autres esclaves, il avait l'esprit dérangé, mais il en était certains à qui il pourrait dire bientôt la vérité s'il le fallait. Car nombre des gens qui servaient jadis Relvinn et n'avaient pas été tués par les Suédois gardaient leur fidélité aux enfants de leur ancien maître. C'était sur eux que Heldys et son frère devaient compter.

CHAPITRE XC

Le matin où le banquet devait avoir lieu à la ferme de Björn, Jaonn le Borgne se rendit au village. Là-bas, on l'appelait plus volontiers le Simple, car il y jouait aussi le benêt. Depuis que sa sœur avait choisi ce jour pour leur vengeance, il avait commencé à sortir de la ferme, puis à s'aventurer dans les bois, puis enfin jusqu'au village. Une ou deux fois, il avait même fait semblant de s'être perdu en chemin. Cette fois-ci, il alla trouver des gens en qui son père avait eu toute confiance, notamment des villageois qui l'avaient aidé à incendier les fermes des Suédois. Nombreux furent surpris de l'entendre parler comme un homme qui avait toute sa raison, à commencer par le nouveau prêtre, fils de celui qui avait connu Relvinn en son temps. Mais ils écoutèrent tous ce que Jaonn avait à dire, en promettant de ne rien ébruiter de ce qu'il leur confiait.

Pendant ce temps, alors qu'Einar s'était rendu chez son père, Heldys avait réuni à la ferme tous les serviteurs qu'elle savait lui être fidèles. C'étaient des esclaves âgés pour la plupart, mais ils étaient encore pleins de ressources, et surtout les Suédois ne se méfiaient pas d'eux. Elle leur expliqua que le soir-même, elle avait décidé de venger Relvinn en tuant tous ses assassins. Pour cela, ils devraient enfermer tous les esclaves d'Einar dès que celui-ci serait retourné chez Björn pour festoyer, puis l'accompagner à la ferme du Suédois. Là, ils prendraient des armes et des torches et mettraient le feu aux bâtiments. Pour ce faire, ils ne seraient pas seuls, car elle leur promit l'aide des villageois amenés par son frère. Quand Jaonn revint à la ferme, il alla trouver sa sœur pour lui dire qu'il avait un nombre suffisant d'hommes prêts à le suivre jusque chez Björn. Ils répétèrent une dernière fois ce qu'ils avaient prévu de faire et attendirent la soirée en comptant chaque heure qui passait.

CHAPITRE XCI

Quand le moment fut arrivé, un peu avant la tombée du jour, Einar vint dans la chambre de Heldys pour l'emmener avec lui chez son père. D'abord elle refusa, disant qu'elle était souffrante et qu'elle devait garder le lit. Mais Einar insista, car toutes les femmes des Suédois et de leurs fils seraient là, et lui aussi tenait à paraître avec son épouse. Quand Heldys refusa une seconde fois, Einar lui prit le bras et la traîna hors du lit. Jaonn était assis dans un coin de la pièce, comme il en avait l'habitude ; aussitôt il se porta au secours de sa sœur. Dans leur plan, tous deux avaient prévu de ne pas assister à cette fête, Jaonn parce qu'il ne serait pas invité, Heldys parce qu'elle prétendrait être malade. Mais il en allait différemment. Einar arrêta Jaonn d'un geste menaçant : alors Heldys alla vers son frère et lui dit d'un air entendu qu'il saurait se débrouiller sans elle, mais qu'elle le retrouverait quand elle quitterait le banquet. Jaonn se calma, regardant Einar et Heldys partir ensemble sans plus rien dire.

Une fois sa sœur partie, il se rendit auprès des esclaves mis dans la confidence pour leur dire qu'ils devraient rejoindre la ferme de Björn sans leur maîtresse. En attendant, il les aida à attirer les serviteurs d'Einar dans des réduits ou dans les granges, et à les enfermer sans qu'ils se rendissent compte de ce qui leur arrivait. Quand tous furent faits prisonniers, ils menacèrent de se venger cruellement quand ils trouveraient le moyen de sortir. Mais les gens que Jaonn avait laissés en guise de gardiens leur répondirent que s'ils sortaient, ils seraient abattus un à un : les autres ne savaient pas combien étaient ceux qui les avaient enfermés, alors ils se tinrent tranquilles.

Aussitôt après, Jaonn sella un cheval et se rendit au village. Sur le marché se tenaient ceux qu'il avait rencontrés le matin, ainsi que le prêtre qui tenait à les accompagner. Mais il y avait aussi d'autres personnes, qui étaient venues parce qu'elles n'admettaient pas de voir un Suédois porter le titre de Maître du Clan en Eklendys. C'était une troupe finalement plus nombreuse que ce que Jaonn avait espéré qui prit la route en direction de la ferme de Björn. En chemin, ils furent rejoints par les serviteurs qui avaient terminé leur besogne chez Einar. Du haut de son cheval, Jaonn les observa. Ils étaient peu nombreux à porter des épées, mais ils avaient surtout des outils, des faux ou même de simples massues ; et nombre d'entre eux portaient des torches. Quand ils arrivèrent aux abords de la ferme, Jaonn leur dit d'attendre à l'écart sans faire de bruit, tandis qu'il allait en reconnaissance au cas où les Suédois auraient posté des gardes autour des bâtiments. Sur place, le fils de Relvinn fut heureux de ne voir que trois esclaves, occupés à garder les chevaux des invités car tous n'avaient pas de place dans les écuries. Alors il fit signe à ses gens d'avancer en silence.

CHAPITRE XCII

Chez Björn, dans la grande salle, les Suédois banquetaient avec insouciance. Depuis la table des femmes, Heldys les observait tout en se forçant à manger un peu. Mais souvent, elle ordonnait aux serviteurs de donner à boire aux hommes, si bien que les convives furent bientôt gais. Alors Heldys se leva et se dirigea vers Einar, lui disant qu'il était saoul et qu'elle devait le ramener chez lui. Les autres Suédois rirent de voir le fils de Björn ainsi tancé par son épouse ; mais Björn ne l'accepta pas. Il se leva et posa une main sur l'épaule de son fils, le forçant à se rasseoir. Alors Heldys demanda à Einar s'il comptait se laisser dicter sa conduite par un autre, fût-il son père, et s'il était heureux de voir insulter sa femme. Einar prit un air hébété, ne sachant que répondre, pris qu'il était entre son père et son épouse. De nouveau les Suédois rirent de lui. « Prends des forces, à défaut de courage » lui dit Heldys en lui donnant à boire une nouvelle coupe de vin. Einar la but, puis sombra dans le sommeil. Björn poussa un soupir et retourna à son haut siège, laissant Heldys libre de tirer son époux à l'extérieur si le cœur lui en disait encore. C'est ce qu'elle fit avec l'aide de deux esclaves.

Dehors, elle fit coucher Einar en travers de son cheval, ordonnant aux serviteurs de le reconduire à la ferme, puis elle fit mine de les suivre sur son propre cheval. Quand les esclaves arrivèrent aux bois qui entouraient la demeure de Björn, ils découvrirent que de nombreuses gens en armes attendaient à couvert. Aussitôt Jaonn donna l'ordre de les capturer, puis de ligoter Einar et de lui enfoncer un bâillon dans la bouche. Heldys arriva, s'assurant que tout se passait comme ils l'avaient pensé. Le moment était alors venu d'encercler la ferme et d'y mettre le feu. « Tuez tous ceux qui essaieraient de sortir » dit Jaonn aux villageois. Heldys dit que ce ne serait pas difficile, car leurs ennemis avaient tous bu plus que de raison, et « il n'est pas dit que dans leur état ils arriveront à s'extraire de la maison en flammes ». Les assaillants encerclèrent donc les bâtiments de ferme. Leurs archers réduisirent au silence les trois serviteurs gardant les chevaux à l'extérieur puis on mit le feu partout.

Très vite, la fumée s'éleva des murs et des toits, et de nombreux cris se firent entendre de l'intérieur. Des esclaves tentèrent de s'enfuir, mais ils furent taillés en morceaux par les assiégeants, de même que les familles des Suédois conviés au banquet. De ces derniers, l'un parvint à sortir de la grande salle, mais ses vêtements étaient en feu et il hurlait, battant l'air de son épée, sans rien voir. On le laissa brûler. Un autre s'était enveloppé de son manteau pour se protéger : quand il sortit, il chargea les villageois et en tua un. Mais il aurait dû fuir sans chercher à se venger car les gens de Jaonn le rattrapèrent aussitôt, lui perçant le corps de maints coups de hache et de fourche. Enfin Björn apparut à la porte de sa ferme. C'était lui que Jaonn attendait plus qu'aucun autre. Empoignant une lance, le fils de Relvinn la lui planta dans le ventre si fort qu'elle le traversa, puis il souleva son adversaire dont les pieds quittèrent le sol. L'épée que Björn tenait lui tomba des mains et il mourut avant de retoucher terre. La ferme brûla toute la nuit et il n'en resta plus rien.

CHAPITRE XCIII

Un peu à l'écart, assis contre un arbre, Einar s'était réveillé. À son côté se tenait Heldys, qui contemplait la ruine des assassins de son père. Einar aussi découvrit les flammes qui montaient de la ferme, et cela le dégrisa. Heldys lui ôta son bâillon et se pencha vers lui. « Me diras-tu pourquoi tu m'as épargné ? lui demanda son mari. – Je te dirai surtout pourquoi je n'ai pas voulu d'enfant de toi » répondit-elle. Et comme il lui redemandait pourquoi, elle répéta ce qu'elle lui avait déjà dit une fois : qu'elle était la fille de Relvinn, « ce qui m'oblige à faire ce que je vais te faire, et que des fils que j'aurais eus de toi auraient été obligés à leur tour de me faire ». Alors Einar comprit et ferma les yeux. Heldys se saisit de l'épée que lui avait laissée son frère, lui en assénant un grand coup en travers du visage. L'os fut fendu jusqu'à la cervelle ; Einar tomba sur le côté, mort. Les enfants de Relvinn en avaient à présent terminé avec leur vengeance.

CHAPITRE XCIV

Tous les Suédois et leurs familles étaient morts. Heldys se trouvant veuve, Jaonn le Borgne fut déclaré Maître du Clan par le prêtre du village. Ce dernier accompagna ensuite le fils de Relvinn à Ömbortrum, où son titre lui fut confirmé. Quand il revint chez lui, Jaonn reprit les terres et les biens de ses ennemis, se faisant à son tour marchand de peaux. Ses affaires prospérèrent car il jouissait de la réputation de son père, et c'était lui que les voyageurs venaient voir en premier quand ils arrivaient dans la région avec des marchandises à échanger. La situation de Jaonn fut bientôt prospère, même si elle n'atteignit jamais l'opulence de celle de Relvinn avant lui. Plus tard Jaonn le Borgne prit pour femme Velkaï Feuille-de-Hêtre, la fille d'un riche charpentier qui vivait dans l'est d'Eklendys. Leurs enfants furent Melvar le Bleu et Henkenn. Puis la femme de Jaonn mourut, et il se remaria avec Lorys, fille du Polvor le Bègue qui avait été perdu en mer avec ses compagnons. D'elle il eut trois filles et un dernier fils qu'il appela Kolman. De Melvar le Bleu naquit Goreb l'Aventureux, dont les fils furent Olvar et Sigvar Petit-Manteau. C'est d'Olvar que descendent les Maîtres de Berelnö.

De Jaonn le Borgne, il faut dire encore qu'il prit part dans ses vieux jours à la campagne contre les Baltes qui avaient envahi l'est d'Eklendys et tué le frère de sa première femme. Il remporta plusieurs batailles à la tête des hommes de son Clan, mais quand il reprit la route de sa maison, il fut pris dans une embuscade tendue par un Maître rival, Aivor l'Épée. C'est là qu'il mourut. Quant à sa sœur Heldys, elle attendit que son frère eût pris le titre de leur père pour se remarier, et elle épousa le nouveau Maître du Clan sacerdotal. Elle lui donna quatre enfants, dont Helminn père du Hogmar le Dépossédé qui adopta la foi des Chrétiens. Heldys mourut à un âge avancé. On dit que c'était une femme qui cultiva toute sa vie le souvenir de son père. Mais jamais aucun des descendants de Relvinn ne put retrouver la plage où il allait chercher de l'ambre, et encore moins la caverne au trésor.

À présent tout a été dit de ce qui devait être raconté, et je termine ici la *Saga de Relvinn-aux-Mains-d'Ambre*.

© Éditions de l'Astronome 2017
Tous droits de traduction, de reproduction et d'adaptation
strictement réservés pour tous pays.

ISBN 978-2-36686-059-7

Dépôt légal octobre 2017

Achevé d'imprimer en octobre 2017 (2032156)
par les Imprimeries Bussière
18203 St-Amand-Montrond (F)

pour le compte
des Éditions de l'Astronome
74200 Thonon-les-Bains (F)
www.editions-astronome.com